Anke Stelling

ERNA UND DIE DREI WAHRHEITEN

jetzt sind schon mehr als elf Jahre vergangen, und Erna ist immer noch ein bescheuerter Name.

»Du hast es in der Hand«, sagt Annette, »du bist die Einzige, die so heißt, und wenn du cool bist, werden alle, die dich kennen, mit Erna nichts als Coolness verbinden.«

Kann schon sein. Aber ich erinnere sie daran, wenn sie das nächste Mal sagt, ich soll mich doch nicht dauernd selbst so unter Druck setzen, soll nicht immer und überall die Beste sein wollen.

DIE BESTE

Ich sitze in meinem Zimmer und kämpfe mit der Nähmaschine. Es ist Freitagnachmittag, und am Montag feiern wir Fasching bei uns an der Schule.

Ich habe einen halb zerschnittenen Damenlederrock in Annettes Stoffschrank gefunden – es ist praktisch nur noch das Futter mit ein paar Fetzen Wildleder übrig –, aber wenn ich diesen Restrock bis hoch unter die Achseln ziehe, sieht er aus wie ein ärmelloses, ziemlich zerrissenes Kleid. Wenn ich jetzt noch weitere Lederreste und Fellstück-

Anke Stelling

ERNA UND DIE DREI WAHRHEITEN

ANKE STELLING

ERNA UND DIE DREI WAHRHEITEN

Verlagsgruppe Random House FSC® N001967

1. Auflage 2017
© 2017 cbt Kinder- und Jugendbuchverlag
in der Verlagsgruppe Random House GmbH,
Neumarkter Straße 28, 81673 München
Alle Rechte vorbehalten
Umschlaggestaltung: VGB-Werbung,
Umschlagillustration: © Felicitas Horstschäfer
TP · Herstellung: kw
Satz: KompetenzCenter, Mönchengladbach
Druck und Bindung: GGP Media GmbH, Pößneck
ISBN: 978-3-570-16458-7
Printed in Germany

www.cbt-buecher.de

INHALT

Erna   7

Die Beste   8

Aussehen   14

Mit Samthandschuhen   23

Agnetas Entschluss   30

Harmonie   34

Kompromiss   36

Geld haben   42

Neid   45

Recht haben   48

Notwendigkeit   50

Glitzertussi   54

Verhältnisse   61

Wettbewerb   68

Wahrheit oder Pflicht   71

Happy   79

Nachtleben   95

Spaß   99

Neue Regeln   100

Datenschutz   106

Unkontrollierbar   109

jetzt sind schon mehr als elf Jahre vergangen, und Erna ist immer noch ein bescheuerter Name.

»Du hast es in der Hand«, sagt Annette, »du bist die Einzige, die so heißt, und wenn du cool bist, werden alle, die dich kennen, mit Erna nichts als Coolness verbinden.«

Kann schon sein. Aber ich erinnere sie daran, wenn sie das nächste Mal sagt, ich soll mich doch nicht dauernd selbst so unter Druck setzen, soll nicht immer und überall die Beste sein wollen.

.

DIE BESTE

Ich sitze in meinem Zimmer und kämpfe mit der Nähmaschine. Es ist Freitagnachmittag, und am Montag feiern wir Fasching bei uns an der Schule.

Ich habe einen halb zerschnittenen Damenlederrock in Annettes Stoffschrank gefunden – es ist praktisch nur noch das Futter mit ein paar Fetzen Wildleder übrig –, aber wenn ich diesen Restrock bis hoch unter die Achseln ziehe, sieht er aus wie ein ärmelloses, ziemlich zerrissenes Kleid. Wenn ich jetzt noch weitere Lederreste und Fellstück-

INHALT

Erna   7

Die Beste   8

Aussehen   14

Mit Samthandschuhen   23

Agnetas Entschluss   30

Harmonie   34

Kompromiss   36

Geld haben   42

Neid   45

Recht haben   48

Notwendigkeit   50

Glitzertussi   54

Verhältnisse   61

Wettbewerb   68

Wahrheit oder Pflicht   71

Happy   79

Nachtleben   95

Spaß   99

Neue Regeln   100

Datenschutz   106

Unkontrollierbar   109

Mitleidenschaft   112

Zucker und Weissmehl   113

Fasten   124

Komplimente   128

Detektivarbeit   139

Diskriminierung   144

Haltung   148

Süchtig   151

Freiheit   158

Mittelpunkt   164

Fangfragen   169

Geld ausgeben   176

Reich   186

Sippenhaft   188

Zivilcourage   194

Konversation   202

Demütigen   207

Mitwissen   211

Schade   219

Weiterreden   222

Begleiten   231

Ohne Zweifel   234

ERNA

Man gewöhnt sich ja dran. Vom ersten Tag an wird man mit seinem Namen angesprochen – wenn man vom ersten Tag an einen hat. Ich habe meinen erst eine Woche nach meiner Geburt bekommen: Kein Wunder, für so was Bescheuertes wie ERNA muss man lange nachdenken.

Annette behauptet, Erna sei nicht bescheuert, sondern habe als Großmuttername voll im Trend gelegen, und sie habe nur einen gesucht, der nicht so massenhaft vorkam wie Johanna, Mathilda oder Charlotte. Und ich solle froh sein, dass es nicht Emma geworden ist, denn davon gab's dann allein in meiner Kitakrabbelgruppe drei – Emma Pollack, Emma Schlüter und Emma Ravensburger.

»Und warum gab's die?«, habe ich gefragt und mir die Antwort gleich selbst gegeben: »Weil Emma schön ist und Erna hässlich.«

Annette lacht bei so was nur. Sie ist sich sicher, dass ich eines Tages alles so sehe wie sie. Aber

jetzt sind schon mehr als elf Jahre vergangen, und Erna ist immer noch ein bescheuerter Name.

»Du hast es in der Hand«, sagt Annette, »du bist die Einzige, die so heißt, und wenn du cool bist, werden alle, die dich kennen, mit Erna nichts als Coolness verbinden.«

Kann schon sein. Aber ich erinnere sie daran, wenn sie das nächste Mal sagt, ich soll mich doch nicht dauernd selbst so unter Druck setzen, soll nicht immer und überall die Beste sein wollen.

DIE BESTE

Ich sitze in meinem Zimmer und kämpfe mit der Nähmaschine. Es ist Freitagnachmittag, und am Montag feiern wir Fasching bei uns an der Schule.

Ich habe einen halb zerschnittenen Damenleder-rock in Annettes Stoffschrank gefunden – es ist praktisch nur noch das Futter mit ein paar Fetzen Wildleder übrig –, aber wenn ich diesen Restrock bis hoch unter die Achseln ziehe, sieht er aus wie ein ärmelloses, ziemlich zerrissenes Kleid. Wenn ich jetzt noch weitere Lederreste und Fellstück-

chen drannähe, vielleicht sogar so was wie Knochen oder Federn, dann wirkt das Ganze, als ob
es aus der Steinzeit stammt, wie das Kleid einer
Waldfee oder Kriegerin –

Irgendwas stimmt nicht mit der Fadenspannung.
Ich hab den Faden jetzt schon zweimal aus- und
wieder eingefädelt und auch die Spule raus- und
wieder reingesetzt, aber es gibt immer noch so ein
Gewirr auf der Rückseite, sobald ich anfange zu
nähen. Ich will aber Annette auch nicht bitten,
mir zu helfen: weil das Kostüm bis jetzt noch
mein Geheimnis ist.

Ich näh das Fell einfach von Hand an.

Ich mach gern solche Sachen, und ich bin gerne
jemand anderes. Am liebsten hätte ich jede Woche
ein Thema und würde dazu verkleidet in die
Schule gehen. Letztes Jahr, als unser Schulhaus
hundert Jahre alt wurde, sollten wir uns anziehen
wie die Kinder vor hundert Jahren, und dann
haben wir einen Tag lang »alte Schule« gespielt,
richtig mit In-Reihen-Sitzen und Aufstehen und
Fingernägelkontrolle und Rohrstock. Das hat
Spaß gemacht, und die meisten sahen echt klasse
aus: Die Jungs hatten Hemden an und die Mädchen lange Röcke. Blöd war nur, dass meine Haare
zu kurz waren für Zöpfe, aber Annette hat mir
den Tipp mit dem Kopftuch gegeben, und damit

Dieses Jahr gibt es eine richtige Jury. Aus Acht-klässlern. Die Achtklässler sind die Ältesten bei uns an der Schule, weil unsere Schule noch im Aufbau ist. Und sie sind natürlich alle ziemlich eingebildet und schminken sich und dealen mit Feuerwerkskörpern auf dem Schulhof. Aber dass es eine Jury gibt, finde ich gut. Letztes Jahr gab's keine, sondern alle haben auf Zettel geschrieben, welches Kostüm sie am besten finden, aber das war natürlich Unsinn, weil dann manche einfach zehn oder noch mehr Zettel für sich selbst aus-gefüllt haben, und am Schluss haben die Erziehe-rinnen die Zettel weggeworfen, und es gab über-haupt keinen Gewinner.

Ich denke mal, dass ich gute Chancen habe.

Immerhin sehe ich in dem Kleid nicht mehr aus wie neun.

AUSSEHEN

Ich bin ziemlich klein für mein Alter. Annette sagt, ich soll mir darum keine Sorgen machen. Ich soll überhaupt nicht so viel über Äußerlichkeiten

chen drannähe, vielleicht sogar so was wie Knochen oder Federn, dann wirkt das Ganze, als ob es aus der Steinzeit stammt, wie das Kleid einer Waldfee oder Kriegerin –

Irgendwas stimmt nicht mit der Fadenspannung. Ich hab den Faden jetzt schon zweimal aus- und wieder eingefädelt und auch die Spule raus- und wieder reingesetzt, aber es gibt immer noch so ein Gewirr auf der Rückseite, sobald ich anfange zu nähen. Ich will aber Annette auch nicht bitten, mir zu helfen: weil das Kostüm bis jetzt noch mein Geheimnis ist.

Ich näh das Fell einfach von Hand an.

Ich mach gern solche Sachen, und ich bin gerne jemand anderes. Am liebsten hätte ich jede Woche ein Thema und würde dazu verkleidet in die Schule gehen. Letztes Jahr, als unser Schulhaus hundert Jahre alt wurde, sollten wir uns anziehen wie die Kinder vor hundert Jahren, und dann haben wir einen Tag lang »alte Schule« gespielt, richtig mit In-Reihen-Sitzen und Aufstehen und Fingernägelkontrolle und Rohrstock. Das hat Spaß gemacht, und die meisten sahen echt klasse aus: Die Jungs hatten Hemden an und die Mädchen lange Röcke. Blöd war nur, dass meine Haare zu kurz waren für Zöpfe, aber Annette hat mir den Tipp mit dem Kopftuch gegeben, und damit waren die Haare verdeckt, und ich sah total brav aus. Jetzt gehen meine Haare wieder fast bis zur Schulter, was gut ist, weil Urwaldbewohnerinnen auch keine Kurzhaarfrisuren tragen, sondern ungezähmte, zausige Zotteln. Ich will mir vorne in die Haare noch Perlen flechten oder ich näh mir ein Stirnband. Bei den Naturvölkern ist man mit elf schon fast erwachsen. Bei uns nicht. Sogar mit zwölf ist man hierzulande noch nichts Richtiges, jedenfalls nicht *Teenager* – das ist man erst ab dreizehn, weil dann erst dieses »teen« in der englischen Zahl drinsteckt. Nicht, dass es besonders toll wäre, ein Teenager zu sein, aber es ist zumindest irgendwas, also: etwas anderes als Kind.

Bei den Naturvölkern ist der zwölfte Geburtstag der Eintritt ins Erwachsenenalter, aber ich wette, dass ich auch mit zwölf weiterhin zur selben Zeit wie Tom ins Bett muss. Christoph und Annette finden nämlich, dass die Wohnung nach acht Uhr abends den Erwachsenen gehört – und die Erwachsenen, das sind die Eltern, ganz egal, wie alt die Kinder werden.

Ich versuche, mich nicht darüber aufzuregen.

Mein Halbjahresziel im Bereich »Soziales Lernen« ist, mich nicht dauernd über alles so aufzuregen. Das musste ich vor vier Wochen, als das Winterhalbjahr zu Ende war, unter Aufsicht von

Birgit, meiner Lehrerin, ins Protokoll des Halb-
jahresgesprächs eintragen.

»Ich zähle innerlich bis zehn, bevor ich mich
äußere. Ich argumentiere ruhig und sachlich.«

Ich würde das wirklich gerne können, aber es
ist schwer. Diese verdammte Nähmaschine!

»Eins, zwei, drei, vier ... Halt! Stopp! Ich fühle
mich gemobbt!«

Das ist auch was, das wir sagen sollen, und dazu die Hand ausstrecken. Bloß dass diese Nähmaschine es einfach nicht begreift!

Ich kann nicht ruhig bleiben, wenn ich mich
aufrege. Wenn um mich herum alle Quatsch reden
und niemand versteht, was ich meine – Birgit, unsere Lehrerin, übrigens auch. Birgit ist eine, bei der
ich permanent nur zählen und die Hand ausstrecken könnte, zum Beispiel wenn sie versucht, in
der Lerngruppe Streit zu schlichten. So wie heute,
als Holger, unser Sportlehrer, uns bei ihr verpetzt
hat. Wobei Lehrer ja nicht petzen, sondern nur »In-
formationen weitergeben« – dass ich nicht lache!

»Eins, zwei, drei, vier ...«

Ich denke an was anderes. Jetzt ist Wochenende, und bis Montag hat Birgit ohnehin vergessen, was los war, das ist immer so.

Annette sagt, das sei eine Eigenschaft, die Leh-
rer- und Erzieherinnen mitbringen müssten, weil

sie sonst verrückt würden. Ich solle das *wertschätzen*, sagt sie, soll mich *freuen*, dass Birgit dadurch, dass sie alles sofort wieder vergisst, uns Kindern auch immer wieder eine neue Chance gibt.

»Es kann auch gut sein, die Dinge nicht so ernst zu nehmen«, sagt sie. Ha!

Annette ist die Königin des Ernstnehmens. Wehe, jemand benutzt ihre Nagelschere und legt sie nicht genau dahin zurück, wo er sie herhat. Darüber kann sie sich wahnsinnig aufregen. Aber wenn ich Tom verbiete, in mein Zimmer zu kommen, weil dann alles durcheinandergerät, dann – »Halt! Stopp!« Und die Hand nach vorne. Aber es hilft nichts. Schon gar nicht, wenn sich der Spruch auch noch reimt, dann wird nämlich sofort ein Spottvers daraus. »Halt! Stopp! Ich fühle mich gemobbt!«, singt Tom mit verstellter Stimme und latscht trotzdem rein.

Das sieht wirklich gut aus mit dem Fell vorne unterm Busen.

Also – »Busen« ist eigentlich zu viel gesagt, ich hab noch keinen richtigen. Aber weil das Kleid keine Ärmel hat, sieht es ein bisschen so aus. Überhaupt sehe ich in so einem Kleid viel erwachsener aus als in Jeans und Pulli, das ist wirklich toll. Ich freu mich schon so auf den Montag!

Ich geh auch an den anderen Tagen gerne in die

Schule. Am liebsten mag ich Deutsch, Mathematik, Kunst, Theater und Englisch. Was ich nicht mag, ist Gruppenarbeit. Und ich hasse Reflexionskreise, Lerngruppenräte und Halbjahresgespräche. Weil man da offen sagen soll, was einen stört, aber wenn man's dann tut, heißt es, man soll sich nicht aufregen. Also versuche ich, einfach den Mund zu halten und zu zählen – was schwierig ist, wenn Birgit ihrerseits von etwas redet, wo sie selbst überhaupt nicht dabei gewesen ist! Wie zum Beispiel heute in Sport.

Aber sicher, ich geb mir Mühe. Ich will schließlich mein Halbjahresziel erreichen!

Ich will gelassener werden.

Ich will die anderen immer ausreden lassen.

Ich will mich nicht in Dinge einmischen, die mich nichts angehen. Ich will nichts haben, was ich nicht kriegen kann.

Ich will niemanden enttäuschen.

Ich will nicht enttäuscht sein, wenn ich nicht die Beste bin, bin ich aber. Also: enttäuscht. Und: die Beste!

Verdammt, das klingt so was von eingebildet ... Aber was bleibt mir denn anderes übrig? Ich heiße Erna, ich *muss* nun mal die Beste sein.

Ob ich mit meinem Kleid den Kostümwettbewerb gewinne?

Dieses Jahr gibt es eine richtige Jury. Aus Achtklässlern. Die Achtklässler sind die Ältesten bei uns an der Schule, weil unsere Schule noch im Aufbau ist. Und sie sind natürlich alle ziemlich eingebildet und schminken sich und dealen mit Feuerwerkskörpern auf dem Schulhof. Aber dass es eine Jury gibt, finde ich gut. Letztes Jahr gab's keine, sondern alle haben auf Zettel geschrieben, welches Kostüm sie am besten finden, aber das war natürlich Unsinn, weil dann manche einfach zehn oder noch mehr Zettel für sich selbst ausgefüllt haben, und am Schluss haben die Erzieherinnen die Zettel weggeworfen, und es gab überhaupt keinen Gewinner.

Ich denke mal, dass ich gute Chancen habe.

Immerhin sehe ich in dem Kleid nicht mehr aus wie neun.

AUSSEHEN

Ich bin ziemlich klein für mein Alter. Annette sagt, ich soll mir darum keine Sorgen machen. Ich soll überhaupt nicht so viel über Äußerlichkeiten nachdenken. Weil doch wichtiger ist, wie man ist, als wie man aussieht –

Ich zupfe an meinem Kleid herum und überlege, ob es jetzt so bleiben kann. Das ist schwierig zu beurteilen ohne Ganzkörperspiegel.

Ich könnte zu Rosalie raufgehen, die hat einen riesigen Spiegel bei sich im Zimmer, weil sie mal Ballett gemacht hat. Rosalie ist meine Freundin hier im Haus, und unser Haus ist ein Gemeinschaftshaus, wo es normal ist, wenn man bei anderen klingelt oder mit ihnen Abendbrot isst. Früher war ich ständig bei Rosalie zu Hause, aber jetzt nicht mehr. Ich weiß nicht genau, warum – irgendwie haben wir nicht mehr so viel gemeinsam. Ich mag sie schon noch. Sie ist groß und dünn und ziemlich schlecht gelaunt – ich weiß, das klingt jetzt komisch, aber das mag ich an ihr: dass sie nicht so aufgedreht ist und alles »toll« und »süß« und »irre geil« findet. Das nervt mich nämlich oft an meinen Freundinnen in der Schule.

Rosalie ist irgendwie cooler. Obwohl sie allen Grund dazu hätte, eingebildet zu sein mit ihrem riesigen Zimmer, ihrem riesigen Spiegel, ihren endlos langen Beinen und Haaren. Blond natürlich auch noch, hellblond. Aber sie ist gar nicht so, wie sie aussieht. Dass sie als Model gehen könnte, scheint sie nicht weiter zu interessieren, und mit Ballett hat sie, wie gesagt, aufgehört.

Aber irgendwie trau ich mich nicht, zu ihr raufzugehen und ihr mein Kostüm zu zeigen. Ich glaube, sie fände es seltsam, wie viel Mühe ich mir damit gebe.

Wenn ich drei Wünsche frei hätte, wären das alles Dinge, die Rosalie hat: 1. lange dünne Beine, 2. ein größeres Zimmer, 3. eine Mutter, die jeden Samstag mit mir shoppen geht, die mir alles kauft, was ich will.

Verdammt, das klingt so was von oberflächlich … Aber es stimmt.

»Du wächst schon noch«, sagt Christoph. Und Annette: »In Afrika hungern die Kinder.«

Ich weiß. Es ist mir auch peinlich, aber es ist nun mal die Wahrheit.

»Es gibt drei Wahrheiten: meine, deine und die Wahrheit«, sagt ein chinesisches Sprichwort. Das hat Annette ausgedruckt und unten im Haus ans Schwarze Brett gehängt – nachdem sie heulend aus einer der Versammlungen gekommen ist, die die Erwachsenen hier bei uns im Haus regelmäßig abhalten. Ich glaube, sie hasst Gruppenarbeit auch.

GRUPPENARBEIT

Tom, mein kleiner Bruder, lernt gerade »Wortfamilien« in Deutsch.

Annette sitzt mit ihm am Esstisch in unserer Wohnküche und beaufsichtigt, wie er mit seinem neuen Füller sein Arbeitsheft ausfüllt – ha!, da haben wir schon zwei Wörter aus derselben Wortfamilie: »Füller« und »ausfüllen«, aber Tom kapiert's nicht.

Er malt dem Affen, der in seinem Arbeitsheft die Regeln erklärt, eine Sonnenbrille, und Annette schnauzt ihn an, dass er das lassen und sich konzentrieren soll.

Ich sitze daneben und überlege, ob ich Annette nicht doch schon mein Kostüm zeigen soll, aber sie achtet nicht auf mich. Sie hat sich vorgenommen, ab sofort »Toms Lernfortschritte zu begleiten«. Freitags soll er deshalb jetzt immer seine Schulsachen mit nach Hause bringen und sie spielt dann eine halbe Stunde lang Aushilfslehrerin.

Eine Wortfamilie zu »fliegen«.

»Fliegen«, sagt Annette, »was gibt's dazu für ein Nomen?« Tom sagt nichts. Er hat keine Lust, er will *Minecraft* spielen.

»Der Flie…!«, sagt Annette erwartungsvoll, und Tom guckt sie an, »der Papier…!«

»Hä?«, sagt Tom. »Es heißt *das* Papier.«

Ich muss mich zusammenreißen, um nicht zu lachen. Annette seufzt. »Flieger! Der Papierflieger!«

Tom sind Wortfamilien egal.

Dass Annette sauer wird, ist ihm nicht egal, er hat schon Tränen in den Augen, weil sie ihn so anschnauzt. Dass man Verben verdammt noch mal immer klein schreibt!, es sei denn –

Sie guckt mich an. »Es sei denn? Erna?«

»Sag ich nicht«, sage ich.

»Es sei denn, sie sind substantiviert! Das Fliegen!« Und dann lächelt sie tatsächlich und freut sich.

Annette mag Wortfamilien. Am liebsten würde sie selbst das Arbeitsheft ausfüllen, ich seh's ihr an.

Tom malt dem Affen einen zweiten Schwanz. Vorne.

Wir sind eine Familie: Tom, Annette, Christoph und ich. Tom und ich sind die Kinder, Annette und Christoph die Eltern. Und die Erwachsenen. Für immer!

Ich frage mich, warum es für Kinder als Kinder

von Eltern kein anderes Wort gibt als für Kinder im Unterschied zu Erwachsenen. Das müsste man mal ändern, da müsste man sich wirklich was einfallen lassen. Es gibt ja andere Wörter für Kinder, »Sprösslinge« zum Beispiel. Aber das ist ein albernes Wort, das kann man nicht ernsthaft verwenden. Obwohl es gut ist, weil es auf die Abstammung hinweist, nicht auf das Alter. Annette ist der Stamm, Tom und ich sind die Sprösslinge, die von ihr abgehen. Abstammen. Super Wortfamilie! Stamm – abstammen. Und »Sprössling« ist eigentlich auch ein super Wort. Sprießen – Spross – Sprössling. Es muss einen Grund geben, warum es so albern klingt. Wegen dem »-ling« am Ende? Man soll ja auch nicht »Flüchtling« sagen. Das finden zumindest manche. Andere finden, dass es Quatsch ist, sich von einem Wort diskriminiert zu fühlen. Was die wohl dazu sagen würden, dass ich gern ein extra Wort für erwachsene oder halbwüchsige Kinder von Eltern hätte?

Annette lässt nicht locker. Tom will seine Ruhe, aber er weiß auch, dass er die erst kriegt, nachdem er mindestens eine Viertelstunde lang mit Annette über Wörter nachgedacht hat. Wobei ja in Wahrheit nur Annette über Wortfamilien nachdenkt, und Tom darüber, wen er in seiner *Mine-*

craft-Welt foltern wird, sobald er Annette entkommt.

Auf unserer Schule muss man ständig in Gruppen zusammenarbeiten. Das gehört zum Schulkonzept, genau wie die Jahrgangsmischung, also: dass immer drei Klassenstufen gemeinsam lernen. Eins bis drei, vier bis sechs, sieben bis neun und so weiter. Es ist eine Gemeinschaftsschule, in der niemand aussortiert wird, egal ob gut oder schlecht, also: schnell oder langsam, klug oder – *nicht so klug*, sag ich mal, dumm soll man nämlich nicht sagen. Jeder soll genau so lernen, wie er mag und wie er kann – was einige Eltern nervös macht. Annette zum Beispiel. Sie hat Angst, dass Tom nicht mag und deshalb auch nicht kann und vielleicht niemals können wird, also sitzt sie jetzt hier und sagt ihm Wortfamilien vor. Eigentlich findet sie Gemeinschaftsschulen gut, sagt sie. Genau so wie Gemeinschaftswohnen, weshalb sie mit den anderen Erwachsenen in unserem Haus alles bespricht und die Schlüssel außen in der Wohnungstür stecken und man die Wäsche gemeinsam unten in der gemeinsamen Waschküche wäscht. Gemeinschaft, gemeinsam, gemein.

»Warum ist ›gemein‹ in derselben Wortfamilie wie ›Gemeinschaft‹?«, frage ich. Annette sieht mich an. »›Gemein‹ ist erst mal nichts Schlechtes.«

»Gemein ist gemein. Fies!«, sagt Tom.

»Du musst im etymologischen Wörterbuch nachschlagen«, sagt Annette. Mach ich.

Während Annette immer fieser wird zu Tom, lese ich nach, dass »gemein« etwas ist, das allen gehört. Und deshalb nicht besonders wertvoll sein kann, sondern eben nur ganz normal und gewöhnlich. Einfach, wertlos, niedrig. Und von niedrig geht's weiter zu niederträchtig, und niederträchtig ist dasselbe wie fies.

Seltsam, wie die Wörter sich im Lauf der Zeit verändern. Wie etwas Gutes oder Neutrales über die Jahre, und ohne dass man's merkt, zu etwas Schlechtem werden kann.

Auch das muss einen Grund haben, aber welchen, steht im etymologischen Wörterbuch nicht drin.

Gründe interessieren mich, weshalb ich ziemlich vielen Leuten auf die Nerven gehe – zumindest glaube ich, dass das ein Grund dafür sein kann.

Liv, meine beste Freundin in der Schule, der ich oft auf die Nerven gehe, sagt: »Weil halt. Ist doch egal«, und wenn ich dann immer noch wissen will, was genau der Grund ist, ist sie noch genervter und macht die nächste Gruppenarbeit nicht mit mir, sondern mit Jolanda.

Jolanda ist meine zweitbeste Freundin. Eigentlich ist das ja doof, dieses Gerede von bester und allerbester und drittbester Freundin. Weil das auch nur dazu führt, dass sich immer jemand schlecht fühlt. Gleichzeitig muss man aber auch irgendwie unterscheiden, nicht?

Ich weiß nicht, ob Liv sagen würde, dass ich ihre beste Freundin bin. Es gibt nicht viel, das uns verbindet – ich kann zum Beispiel nicht besonders gut Fußball spielen. Und Liv kickt in jeder freien Minute und ist in der Landesauswahl der Mädchen.

Eigentlich passe ich viel besser zu Jolanda, die auch gerne liest und bastelt und Theater spielt. Aber genau deshalb gibt's dann auch Krach, über *Harry Potter* oder die Hauptdarstellerin von *Ostwind*.

Bei Liv ist es so, dass ich sie einfach total gerne mag. Wenn ich sie morgens sehe, krieg ich immer gute Laune; ich finde, dass sie schön aussieht und gut riecht – oh Gott, das klingt jetzt so, als ob ich in sie verknallt wäre. Das wäre ein gefundenes Fressen für Mattis, den Chef der Jungen in unserer Lerngruppe, der immer rauskriegen will, wer in wen verliebt ist, und denkt, »Lesbe« sei ein Schimpfwort. Aber anders kann ich's nicht beschreiben, ich mag sie einfach. Ich bin froh, dass sie meine

Nebensitzerin ist, und ich find's traurig, wenn sie lieber mit Jolanda zusammenarbeitet als mit mir.

MIT SAMTHANDSCHUHEN

Annette hat das Lehrerinnensein für heute aufgegeben. Tom darf zusammenpacken und noch 'ne Runde zocken; jetzt könnte ich Annette mein Kostüm vorführen, aber ich mach's nicht. Es wird eine Überraschung für alle, auch für die Familie! Vielleicht schleich ich mich nachher mal kurz raus und guck mich im Fahrstuhl an, da drin hängt nämlich auch ein großer Spiegel.

Annette deckt den Abendbrottisch.

Gleich muss ich erzählen, was den Tag über so los war, das müssen Tom und ich immer beim Abendbrot. Annette will wissen, was uns »bewegt«. Komischer Ausdruck, oder? Unsere Muskeln, würde ich sagen, aber sie meint natürlich innerlich, im Kopf und Bauch und Herzen.

Ich blättere im etymologischen Wörterbuch. Das wird mein neues Hobby, woher kommt »Bewegung«?

»Hilf mir mal!«, sagt Annette. Ja ja, mach ich schon.

»Und Tom?«

Der hat offenbar genug getan für heute.

Wir sitzen beim Abendbrot. Christoph ist nicht da, er arbeitet oft abends.

»Wie war's im Klassenrat?«, fragt Annette und reicht mir den Thunfischsalat.

»Lerngruppenrat«, verbessere ich. Das kann sie sich nicht merken, dass es »Lerngruppe« heißt – weil ja verschiedene Klassenstufen in einer Gruppe zusammen lernen.

»Doof«, sage ich und schmier mir mein Brot.

»Warum?«

»Holger hat sich bei Birgit über uns beschwert.«

»Holger?«

»Unser Sportlehrer.«

Die Namen der Lehrer kann sie sich auch nicht gut merken.

»Und warum?«

»Er hat gesagt, dass wir uns daran erinnern sollen, dass wir gemeinsam Mattis eine Chance geben.«

»Was denn für 'ne Chance?« Tom spricht mit vollem Mund.

»Iss erst mal runter«, sage ich, »das ist eklig.«

»Was denn für 'ne Chance?«, fragt Annette ebenfalls.

»Die Chance, auf der Schule zu bleiben. Weil er doch immer gleich ausrastet. Und er hat schon 'ne Verwarnung, und wenn er jetzt wieder Scheiße baut, fliegt er endgültig.«

»Wie bitte?« Annette sieht mich an. »Was denn für 'ne Verwarnung, warum hast du mir das nicht erzählt?«

»Keine Ahnung«, sage ich, aber das ist gelogen. Ich hab's ihr nicht erzählt, weil ich da auch drin verwickelt war. »Jedenfalls ist er jetzt sozusagen auf Bewährung.«

»Aha«, sagt Annette. »Er muss sich zusammenreißen.«

»Genau«, sage ich. »Kann er aber nicht. Also darf auf keinen Fall was passieren, worüber er sich aufregt. Weil er dann nicht mehr weiß, was er tut. Und darauf sollen wir alle gemeinsam achten, aber das geht irgendwie nicht.«

Annette nickt.

»Ich versuch's ja«, sage ich, »aber er regt sich eben *ständig* auf. Jedes Mal, wenn er nicht gewinnt.«

»Und euer Sportlehrer findet jetzt, ihr sollt Mattis immer gewinnen lassen?« Annettes Stimme klingt zweifelnd.

»Keine Ahnung. Jedenfalls hat er sich bei Birgit über uns beschwert.«

»Was war denn in Sport?«

»Mattis hat gewählt. Seine Mannschaft, für Fußball. Und ich hab gesagt, das geht nicht, wenn er mit Georg und Liv und Franz in einer Mannschaft spielt, weil die alle im Verein sind, und das ist nicht gerecht. Aber er wollte es natürlich, weil die die besten sind. Und hat behauptet, dass Luca und Vincent ja auch im Verein sind.«

»Stimmt ja auch«, sagt Tom.

»Ja, klar, du Superhirn, aber die sind klein. Die sind Vierte, falls du's noch nicht gemerkt hast.«

Annette runzelt die Stirn. »Und dann?«, fragt sie.

»Dann hab ich verlangt, dass wir das anders aufteilen. Und daraufhin ist Mattis natürlich gerastet und hat behauptet, ich würd mich immer einmischen, und dass mich das überhaupt nichts angeht.«

»Und Holger?«

»Der hat auch gesagt, ich soll mich raushalten.«

»Komisch. Echt?«, sagt Annette. »Wer hat denn die andere Mannschaft gewählt?«

»Bence.«

»Und warum hat Bence dann nicht Liv oder Georg oder Franz zu sich genommen?«

»Weil der eben guckt, dass Mattis nicht ausrastet! Aber das ist ja wohl echt total bescheuert! Das ist ungerecht und bringt am Ende nichts!«

Annette nickt.

»Und was hat Bence im Klassenrat gesagt?«

»*Lerngruppenrat.* Der sagt nie was.«

»Warum?«

»Weiß ich nicht.«

Weiß ich wirklich nicht. Bence ist auch sechste Klasse, und eigentlich ist er schlau, aber auch so ein bisschen vereinzelt, also: viel allein. Er hat keine richtige Clique, jedenfalls nicht mit den Angeber-Jungs aus unserer Gruppe – Mattis, Freddie und so weiter. Er hat einen Freund in einer anderen Lerngruppe, bei den *Rapunzeln.*

»Und Birgit? Hat die denn nicht verstanden, worum es dir ging?«

»Nö. Die findet ja auch, dass ich mich zu viel einmische. Und dass man Mattis nur mit Samthandschuhen anfassen darf! Das Einzige, was sie gesagt hat, ist eben, dass Holger sich über uns beschwert hat. Was heißt über uns, über *mich.* Jedenfalls hat sie mich dabei so angeschaut.« Ich mache Birgit nach, ihre vorwurfsvollen, möchtegern einfühlsamen Kitatantenaugen.

»Und wer hat dann gewonnen?«, will Tom wissen.

»Mattis' Mannschaft natürlich, du Vollhonk.«

»Erna. Tom kann jetzt wirklich nichts dafür.«

Ich esse. Keiner kapiert was. Warum erzähl ich das alles überhaupt?

»Und im Lerngruppenrat, wie ist der ausgegangen?«

Ich zucke mit den Schultern. »Gar nicht. Ich hab nichts weiter dazu gesagt.«

Annette wiegt den Kopf. »Dann *kann* Birgit dich ja auch nicht verstehen.«

»*Will* sie ja auch nicht! Das Einzige, was sie will, ist ihre Ruhe.«

Annette seufzt. »Das glaub ich nicht. Du hättest ihr sagen müssen, was dein Standpunkt ist. Dazu habt ihr doch den Klassenrat.«

»*Lerngruppenrat*, verdammte Scheiße!« Ich werfe mein Messer auf den Teller, Mann, das kann doch echt nicht wahr sein! Hört sie mir überhaupt zu?

»Lerngruppenrat, sorry! – Hier kann nun wirklich keiner was dafür.«

Ach nein? Erst zwingt sie mich dazu, es zu erzählen, und dann hört sie nicht hin und kapiert nichts, vielen Dank.

Sie steht auf und beginnt, den Tisch abzuräumen. Tom holt sich Nachtisch.

Bei uns darf man sich nach dem Abendessen Süßigkeiten nehmen, das haben Annette und Christoph sich ausgedacht, als wir noch klein

28

waren: damit wir nur einmal am Tag welche essen. Inzwischen ist die Regel natürlich veraltet, weil wir uns selbst Süßigkeiten kaufen oder in der Schule jemand was dabei hat.

Diese ganzen Regeln sind allesamt nur vorgeschoben, sind nichts als dummes Getue, genau so wie der Lerngruppenrat.

Ich bin sauer und verschwinde in mein Zimmer.

Nach etwa einer halben Stunde klopft's.

»Was ist?«, frage ich. Es ist Annette.

»Ich kann mir vorstellen«, sagt sie, »dass das blöd für dich war.« Ja, ja. Sicher.

»Vielleicht sprichst du's nächste Woche noch mal an.« Ich zucke mit den Schultern.

»Ihr habt's echt nicht leicht.«

Was heißt »ihr«? *Ich* bin immer der Arsch. Und nur, weil ich will, dass es gerecht zugeht. Aber ich sage nichts. Ich will mich nicht mit Annette streiten. Es gibt meine Wahrheit und ihre Wahrheit – und sie will vor allem, dass Birgit gut wegkommt. Dass *ich* schuld bin, wenn die mich nicht versteht. Dass Holger mit seiner Beschwerde vielleicht ein bisschen vorschnell war, er im Grunde aber auch ein prima Kerl ist. Dass die Schule alles in allem okay ist, so ein Lerngruppenrat 'ne tolle Sache, und ich mir halt ein bisschen mehr Mühe geben muss.

Versteh ich schon, ja, alles klar.

Aber dann soll sie beim Essen doch bitte übers Wetter reden.

AGNETAS ENTSCHLUSS

Zurzeit hör ich jeden Abend *ABBA*. Ich weiß, das ist ein bisschen albern, solche Popsongs aus den Siebzigern, aber ich finde sie echt richtig toll.

»I've been cheated by you since I don't know when –«

Ich kann schon viele von den Texten auswendig. Die meisten handeln von Liebe, oft auch von einer, die zu Ende ist oder sich gar nicht erst erfüllt hat, aber trotzdem sind die Lieder fetzig.

Ich würde gern Songs schreiben können über mein Leben und die dann singen. In einen Song kann man alles reinstecken, der verwandelt das Chaos oder die Trauer oder die Wut in Töne und Text, und wenn er gut ist, spüren die, die den Song hören, dasselbe wie der, der ihn geschrieben hat.

»Now I made up my mind it has come to an end –«

AGNETA heißt die Sängerin von *ABBA*. Auch ein echt bescheuerter Name!

Agneta jedenfalls hat sich vorgenommen, jetzt endlich mal mit dem Typen Schluss zu machen, der sie die ganze Zeit nur betrogen hat, sie weiß schon gar nicht mehr, seit wann. Und dann schafft sie's nicht, aber hey! Sie kann singen. Und wie sie singen kann!

Ich könnte auch gern besser Englisch. Ich muss mir die Texte mit viel Mühe und Blättern im Wörterbuch übersetzen.

Bence ist der Beste bei uns in Englisch. Ich glaube, das kommt daher, dass seine Eltern Ungarn sind und er sowieso schon zwei Sprachen kann und seine Eltern auch viel Wert darauf legen, weil niemand auf der Welt Ungarisch spricht. Außer den Ungarn natürlich.

Wenn Bence Ungarisch redet, versteht man kein Wort. Er macht's aber auch nur sehr selten, er redet, wie gesagt, überhaupt nicht sehr viel. Manchmal würd ich schon gerne wissen, was er denkt, aber ich kann ihn nicht einfach so anquatschen. Man muss aufpassen, wen man anquatscht, alles wird beobachtet, vor allem bei Mädchen und

Jungs, weil dann immer der Verdacht entsteht, man sei ineinander verliebt. Was natürlich Unsinn ist, aber Leute wie Mattis kreischen sofort: »Ha! Erna flüstert mit Bence, habt ihr schon 'nen Termin beim Standesamt?« Und wenn man sich wehrt, könnte es wieder sein, dass man Mattis damit »provoziert«.

Die Sache, wegen der er überhaupt die Verwarnung gekriegt hat, war auch so was. Wieder mal beim Fußball, allerdings nicht in Sport wie heute, sondern in der Freizeit, unten auf dem Hof. Ich war Schiedsrichterin, weil ich ja nicht so gern kicke. Und Mattis hat behauptet, Jonah hätte Hand gespielt, und ich war aber schließlich Schiedsrichterin und hab gesagt: »Nein, das war nicht Hand, das war Schulter, und Schulter ist erlaubt.« Mattis hat gebrüllt, ich hätte keine Ahnung, woraufhin Frieder, der Erzieher, der im Hof die Aufsicht hatte, ankam und gesagt hat: »Wie auch immer, Schiedsrichterentscheidungen sind bindend.« Und wenn Mattis nicht aufpasst, bekommt er von mir noch 'ne rote Karte wegen Meckerns. Und dann hat Frieder mir so zugeblinzelt, und das war für Mattis zu viel, da ist er richtig ausgeflippt und hat·Frieder als Hurensohn beschimpft. Und das kann Frieder sich natürlich nicht gefallen lassen, also hat er ihn weggeschickt nach drinnen, um sich abzuregen. Auf dem Weg dahin hat Mattis aber noch gegen das Gittertor getreten, das den Sportplatz vom restlichen Schulhof trennt, und das ist dabei leider kaputtgegangen. Und deshalb mussten seine Eltern dann in die Schule kommen, und es gab die Verwarnung.

Ich weiß schon, dass ich von der Sache her im Recht war, aber ich hab mich trotzdem schuldig gefühlt und es deshalb zu Hause nicht erzählt. Weil ich nämlich schon auch ein bisschen zufrieden war, dass Frieder mir zu Hilfe gekommen ist und sich mit dem Blinzeln über Mattis lustig gemacht hat. Ich war zufrieden, dass Frieder offenbar auch findet, dass Mattis immer denkt, er sei der Größte und alle Regeln gälten nur für die andern, nicht für ihn. Gleichzeitig war's natürlich fies, so zu blinzeln, wenn Mattis sowieso schon auf hundertachtzig ist, und ich versteh auch, dass wir genau so was lieber lassen sollen – jedenfalls jetzt, wo er ohnehin schon die Verwarnung hat. Aber wenn nicht mal die Erwachsenen, also ausgebildete Erzieher wie Frieder, das hinkriegen?

Bence kriegt es hin. Ihm scheint es egal zu sein, wer recht hat. Wer gewinnt, wer verliert und was andere von ihm denken.

Keine Ahnung, wie er das macht.

Vielleicht hat er sich's einfach richtig fest vorgenommen, ungefähr so wie Agneta:

»Now I made up my mind, it has come to an end –«

Aber Agneta hält ihren Entschluss auch nicht durch. Der Typ, in den sie verliebt ist, braucht nur wieder aufzutauchen, sie braucht ihn nur *einmal* anzusehen, und schon vergisst sie ihre guten Vorsätze.

HARMONIE

Samstagvormittage sind bei uns in der Familie auch nicht gerade harmonisch. (Harmonie heißt »Wohlklang, Übereinstimmung« und kommt von griechisch *harmonía*: »Verbindung, Bund«. Eigentlich genau das, was eine Familie ist, oder nicht?)

Ich wache davon auf, dass Tom losschreit, weil Annette ihm das Tablet wegnehmen will; »Nur noch *ein* Kampf!«, brüllt er, und sie sagt zum hundertsten Mal, dass er nach dem Aufwachen doch bitte zuerst die reale Welt erleben soll – aber da gibt's nichts zu erleben, weil alle noch schlafen.

Gekämpft wird in der realen Welt erst, wenn Annette aufsteht und sieht, dass Tom schon wieder am Tablet hängt, und später dann, wenn's darum geht, die Hausarbeit zu verteilen.

Putzen müssen wir samstagvormittags nämlich auch.

Wir sind, glaube ich, die einzigen Kinder im Haus, die das müssen. Also: Ihr Zimmer aufräumen müssen die anderen auch, aber eher unter der Woche, an dem Tag, an dem bei ihnen die Putzfrau kommt. Wir hingegen müssen Bad und Klo selbst putzen und Staub saugen überall und die Wäsche aufhängen und zum Supermarkt für den Wochenendeinkauf.

Jeden Samstag gibt's Streit darüber, wer was macht; wenn Annette gut drauf ist, ziehen wir Lose, wenn nicht, erteilt sie Befehle. Mir wär's lieber, es gäbe feste Aufgaben, so wie bei Jolanda zu Hause. Jolanda wohnt mit ihrer Mutter allein und kann schon richtig kochen, ungefähr so wie die Lotte im *Doppelten Lottchen*.

Wenn ich mit Annette allein wäre, würd ich auch alles im Haushalt tun, aber so muss ich natürlich aufpassen, dass ich nicht mehr mache als Tom. Er wird ja ohnehin schon ständig bevorzugt beziehungsweise geschont.

»Ich mach das Bad!«, sage ich beim Frühstück,

als Tom noch gar nicht daran denkt, dass gleich verteilt werden wird. Aber dann stellt sich raus, dass Annette das Putzen verschieben will, weil heute Hausversammlung ist.

Ist mir recht.

Dann kann ich in Ruhe zum Drogeriemarkt gehen und gucken, ob sie da so Glitzersteinchen fürs Gesicht haben. Ich hab mir überlegt, dass es toll wäre, wenn ich als Urwaldmädchen Piercings oder Tätowierungen hätte, so wie die Eingeborenen in Neuseeland; gleichzeitig will ich aber ja auch *schön* aussehen, und da ist das doch vielleicht ein guter Kompromiss.

KOMPROMISS

Kompromiss heißt »Ausgleich, Verständigung, Übereinkunft durch gegenseitige Zugeständnisse«.

Solche Wörter lernt man, wenn man auf die Gemeinschaftsschule geht und im Gemeinschaftshaus wohnt, wo alles gemein ist, aber deshalb nicht unbedingt fies werden soll.

Wir Kinder hier im Haus sollen jedenfalls ständig »kompromissbereit« sein – vor allem Rosalie und ich, denn: Wir sind die Ältesten. Wir sollen die Kleineren mitmachen lassen, wenn wir zum Beispiel am Baumhaus bauen; wir sollen uns nicht ärgern, wenn sie dort alles, was wir uns schön hergerichtet haben, durcheinanderbringen – weil das Baumhaus ja allen gemeinsam gehört und die Kleinen halt noch nicht so weit sind.

Wir sollen auch lieber keine Filme ab zwölf schauen, sondern nur welche ab sechs oder gleich ab null Jahren, damit Tom und sein Kumpel Max aus dem zweiten Stock auch mitschauen können – und am besten auch noch Mia und Leonie, die erst drei und fünf sind.

»Du magst doch gerne Shaun, das Schaf«, hat Annette vor vier Wochen zu mir gesagt, als sie auch am Samstag ihre Hausversammlung hatten und keinen Babysitter für die Kleinen organisiert. Und das stimmt schon, dass ich Zeichentrick und Knetfiguren mag, aber ich will vielleicht auch mal was anderes gucken?

Rosalie bleibt wegen dieser ganzen Kompromisse inzwischen am liebsten gleich bei sich im Zimmer, guckt alleine und ohne jede Altersbeschränkung – also alles, auch das Zeug ab achtzehn.

»Mir geht das echt auf die Nerven«, sagt sie, »sollen sie doch selbst auf ihre Gören aufpassen!« Rosalie hat keine Geschwister, weshalb ihre Eltern es im Gemeinschaftshaus auch so toll finden: weil wir hier »geschwisterähnlich« aufwachsen.

Auch so ein Kompromiss, diesmal von Rosalies Eltern: nicht noch mehr eigene Kinder, dafür die Gören von den Nachbarn. Und die Nachbarn denken: Prima, da ist ein geschwisterloses Mädchen, das sich ganz bestimmt freut, mal wen Kleineren, Süßen zum Bemuttern zu haben.

Aber da sind sie bei Rosalie an der falschen Adresse.

»Nimm deine Dreckpfoten weg«, hat sie Leonie angeschnauzt, als wir an dem Samstag dann tatsächlich alle in Rosalies Zimmer gelandet sind und Leonie nachschauen wollte, was Rosalie in ihren Schreibtischschubladen hat.

Und seitdem traut Leonie sich nicht mehr zu ihr rein.

Ich könnte Rosalie fragen, ob sie mit mir zur Drogerie kommen will. Sie wohnt ganz oben, im sechsten Stock.

Ich nehm den Fahrstuhl, obwohl wir das nicht sollen, weil es zu viel Energie verbraucht. Aber hey, ist doch ein klasse Kompromiss! Wo ich schließlich keinen eigenen Ganzkörperspiegel in der Wohnung habe... Im Fahrstuhl hängt einer. Mein Wintermantel sieht komisch aus. Was aber wahrscheinlich auch daran liegt, dass ich zu Rosalie unterwegs bin. Die hat einen richtig schicken Wintermantel und sieht von allen Seiten gut aus.

»Ja, hallo Erna!«, ruft Katrin, die mir im Morgenmantel die Tür aufmacht. Ich dachte, so was gibt es nur in Filmen: ein schimmernder, silbergrauer Morgenmantel, bodenlang und mit bestickten Aufschlägen. Der wäre auch ein tolles Kostüm! Rosalie und Tillmann, Rosalies Vater, sitzen am Frühstückstisch, auf dem Kerzen brennen. Und Musik läuft auch, irgendwas Klassisches mit Klavier und Flöten. Es ist genau so, wie man sich ein Frühstück am Wochenende vorstellt, die perfekte Harmonie –

»Sorry«, sage ich, »ihr seid ja noch beim Frühstück.«

»Komm doch rein!«

Ich merke, dass ich auf keinen Fall reinkommen will. Harmonie hin oder her, irgendwie ist es in letzter Zeit immer komisch bei ihnen.

Ich fühl mich fremd dort. Wie in einem Film, wo die Mutter Morgenmantel trägt und man nicht weiß, was man reden soll. Also läuft Musik.

Die Wohnung ist auch wie im Film, mit Blick

über die Dächer und schönen, großen Zimmern; Rosalies ist ungefähr viermal so groß wie meins. Und immer ist alles dort ordentlich aufgeräumt und geputzt, sodass man sich vorkommt, als würde man Dreck machen. Als wär man selbst Dreck oder zumindest ein ziemlicher Trampel.

Katrin ist auch so lang und dünn und blond wie Rosalie, und obwohl sie aus dem Bett kommt, sieht sie kein bisschen zerzaust oder verschlafen aus. Sie ist nett, ja, sie meint es ernst, dass ich reinkommen soll – aber ich komme mir komisch vor. Ich weiß irgendwie nicht mehr, wie ich mich benehmen soll, ob ich zum Beispiel auch gleich was essen oder es lieber höflich ablehnen sollte, Schuhe anlassen oder ausziehen, Teller hinterher abräumen und wenn ja, dann wohin. Es gibt ja so Geschirr, das nicht in die Spülmaschine darf, und wo die Spülmaschine ist, weiß ich tatsächlich auch nicht, weil bei ihnen alles hinter hellgrauen Türen ohne Griffe verborgen ist.

Noch vor 'nem Jahr wär mir das, glaube ich, egal gewesen, da wär ich einfach rein und hätte mich dazugesetzt, mir einen Teller geben lassen, fertig. Aber jetzt geht das irgendwie nicht mehr, ich bin verlegen und merke mal wieder, wie unterschiedlich es bei den Leuten so ist.

Der Wasserhahn an der Spüle zum Beispiel ist

riesig, der sieht fast aus wie eine Dusche, ich wüsste gar nicht, wie ich mir damit ein normales Glas Wasser einschenken soll. Und wenn es spritzt, ist die glänzend schwarze Marmorplatte versaut, und um die zu polieren, haben sie einen speziellen Lappen und ein Spray, das man für nichts anderes verwenden darf. So viel weiß ich, aber wo es steht, weiß ich nicht.

»Ich wollte nur fragen, ob Rosalie mit mir zum Einkaufen will. Jetzt gleich, wenn ihr Plenum habt.«

Es stellt sich raus, dass sie gar nicht vorhatten, zum Plenum zu gehen; Katrin muss arbeiten und Tillmann mit Rosalie die Oma vom Zug abholen. Die Oma kommt alle paar Wochen, um auf Rosalie aufzupassen, weil Tillmann und Katrin zum Arbeiten ins Ausland fahren.

Rosalie sagt die ganze Zeit über kein Wort, sondern sticht mit dem Löffel in ihr festgepapptes Müsli.

»Oder, Rosalie?«, sagt Tillmann. »Du kommst doch mit mir?«

Seine Stimme klingt schmeichelnd; ich an Rosalies Stelle könnte auf keinen Fall Nein sagen. Aber Rosalie sagt weiter nichts, und Tillmann grinst mich entschuldigend an: »Später vielleicht oder morgen?«

Ich nicke.

»Sag Annette und Christoph einen Gruß!« Katrin winkt und schließt die Tür hinter mir.

Ich fühl mich komisch, als ich die Treppe wieder runtergehe. Wenn Rosalie und ich alleine sind, ist es anders, dann redet sie und ist ganz normal. Aber wenn ihre Eltern dabei sind, ist sie in letzter Zeit immer so seltsam, irgendwie wütend. Ich weiß nicht, warum. Und ich werd dann auch komisch. Frage ihre *Eltern*, ob ich was mit ihr machen darf, total bescheuert, so als sei sie gar nicht da.

Früher war das anders. Als wir hier eingezogen sind, war ich ständig bei Rosalie und sie bei mir, Katrin und Annette waren auch noch miteinander befreundet, aber jetzt sind sie es nicht mehr, diese Zeiten sind ein für alle Mal vorbei.

GELD HABEN

Das Hauptproblem ist, glaube ich, dass Rosalies Eltern viel mehr Geld haben als meine. Als ich das mal angesprochen hab, hat Annette gesagt:

»Ja, allerdings, aber das ist nicht das Problem. Das Problem ist, dass sie's nicht zugeben. Dass sie nicht wahrhaben wollen, dass das ein Problem ist. Aber ständig versuchen, sich mit diesem Geld die Probleme vom Hals zu schaffen, und da mach ich nicht mit, da *kann* ich gar nicht mitmachen, weil ich nämlich nicht so viel Geld habe wie sie.«

Vielleicht ist sie einfach nur neidisch. Bei der Sache mit dem Garten hinter unserem Haus zum Beispiel: Ewig ging's darum, wie der gestaltet werden soll. Kompromisse, klar, aber die Erwachsenen sind eben auch nicht gut darin, welche zu finden. Baumhaus ja oder nein und wenn ja, dann wie hoch – weil zu hoch zu gefährlich ist für die Kleinen.

Fahrradschuppen aus Holz oder aus Metall und wo genau, mehr Rasen oder mehr Büsche und ob man Feuer machen darf oder nicht. Dauernd haben die Erwachsenen sich gestritten, Annette hat sich tierisch aufgeregt, und eigentlich war Katrin die meiste Zeit auf ihrer Seite. Aber dann haben Katrin und Tillmann sich einfach einen Garten mit Datsche irgendwo außerhalb der Stadt gekauft, und da fahren sie jetzt am Wochenende hin und pflanzen und machen und bauen, was sie wollen.

»Bist du neidisch?«, habe ich Annette gefragt,

aber sie hat das natürlich nicht zugegeben. Verrat sei das, hat sie gesagt, Verrat an der gemeinsamen Sache.

Ein paarmal hat Katrin mich gefragt, ob ich nicht am Wochenende mit in diesen Garten fahren will, aber das kam mir komisch vor, so als wär ich dann auf der Seite der Verräterin. Also auch eine. Und außerdem will ich nicht mit Rosalie zusammen sein, wenn ihre Eltern dabei sind.

Ein Gemeinschaftsproblem ist das, ganz klar. Gemeinschaft macht gemein – oder ist zumindest so kompliziert, dass man sich lieber überhaupt nicht mehr trifft.

Nicht nur die Erwachsenen, sondern inzwischen auch schon Rosalie und ich. Und außerhalb sehen wir uns jetzt auch nicht mehr, weil Rosalie seit letztem Jahr aufs Gymnasium geht. Noch so was, das Annette als Verrat empfindet:

»Erst tun sie so, als fänden sie Gemeinschaftsschulen gut, aber wenn's dann hart auf hart kommt, sichern sie doch ihre Pfründe.«

»Pfründe« hab ich nachgeschlagen, das sind »Einkünfte aus einem Kirchenamt«. Was das mit Gymnasien zu tun hat, versteh ich nicht, aber ich denke, sie meint, dass da die Kinder von reichen oder einflussreichen Leuten hingehen und dann später auch die besseren Jobs kriegen. Also geht's in dem Fall auch wieder ums Geld.

NEID

Im Wörterbuch steht, dass Neid »Missgunst« bedeutet. Das glaub ich aber nicht. Ich kann doch neidisch sein auf Rosalies Zimmer, ihre vielen Klamotten und ihr eigenes i-Pad, und es ihr trotzdem gönnen! Von mir aus kann sie das alles ruhig behalten, ich hätte halt einfach auch gerne viel mehr.

Wahrscheinlich denkt Annette, wenn niemand, den ich kenne, ein i-Pad oder so ein großes Zimmer besäße, käme ich nicht auf die Idee, dass man das überhaupt besitzen *kann*. Also fallen alle Eltern, die ihren Kindern i-Pads kaufen, Annette, die das nicht kann, in den Rücken.

Und sicher: Wenn alle gleich wären, gäbe es keinen Neid. Wenn niemand was hätte, was ein anderer nicht hat. Oder täte, was ein anderer nicht kann. Aber das wär doch auch irgendwie langweilig. Beim Haben kann ich's mir ja noch vorstellen, aber beim Tun? Oder denk ich das nur, weil ich nicht so viel habe, dafür aber einiges kann? Wer soll das überhaupt kontrollieren und vor allem festlegen, was man dann noch haben und tun darf?

Ich will jedenfalls weiterhin mit Rosalie befreundet sein. Schließlich kann sie nichts dafür, dass ihre Eltern anders sind als meine und Verräter an der gemeinsamen Sache. Sie selbst gibt weder mit ihrem i-Pad noch mit ihrem Zimmer oder ihrem Garten oder dem Gymnasium je besonders an. Im Gegenteil:

»Das ist kein Spaß, mit Katrin einzukaufen«, hat sie letzte Woche gesagt, als sie mit ihrem todschicken neuen Wintermantel nach Hause kam – wo der Winter doch schon fast vorbei ist! –, und noch schlimmer findet sie's, wenn eine ihrer Großmütter kommt, um auf sie aufzupassen. So wie jetzt. Was im Übrigen auch wieder was ist, worauf Annette neidisch ist: weil zu uns nie irgendwelche Verwandten zum Helfen kommen.

Ich geh allein zum Drogeriemarkt.

Auf der Straße treffe ich Mattis und Freddie, die wohl zum Ballspielkäfig unterwegs sind.

»Hey, Erna!«, brüllt Mattis und drischt den Ball, den er dabeihat, quer über den Gehweg zu mir.

Ich rühr mich nicht, geh einfach weiter, und der Ball rollt auf die Straße unter ein parkendes Auto.

»Na super!«

Mattis tut so, als ob es meine Schuld sei, dass der Ball jetzt weg ist. Und lässt Freddie ihn wieder hervorholen.

Ich versteh nicht, wieso Freddie sich für Mattis in den Dreck legt. Soll Mattis es doch selbst machen, *er* hat doch den Ball unters Auto gekickt! Aber das ist genau Mattis' Art. Schade, dass Annette nicht dabei ist, dann würde sie mal sehen, was mich an ihm so aufregt.

Manche sind scheinbar von Natur aus die Chefs. Aber heißt das auch, dass andere automatisch ihre Diener sind? Wer will das denn, das ist doch furchtbar!

Ich dreh mich noch mal um und schau Mattis und Freddie hinterher.

Freddie sieht nicht unglücklich aus, wenigstens nicht von hinten. Und von vorne sicher auch nicht, schließlich geht's schön mit Mattis zum Kicken – obwohl *der* jetzt natürlich wieder den Ball am Fuß hat.

»Lass sie doch«, würde Liv sagen.

Ich lass sie ja. Ich hab mich nicht eingemischt, misch mich nie, nie, nie, nie wieder ein.

RECHT HABEN

Liv war auch wieder sauer auf mich, gestern in Sport. Weil's wegen der Diskussion über die Mannschaftsverteilung natürlich ewig gedauert hat, bis wir überhaupt anfangen konnten zu spielen.

»Ist doch egal, wer recht hat«, meinte sie, »los jetzt, fangen wir an!«

Liv ist es egal, wenn Mattis mit seinen Schummeleien durchkommt, Hauptsache, sie kann kicken. Und wenn ich sage: »Aber das ist unfair, und im Sport zählt ja wohl Fairness!«, zuckt Liv nur mit den Schultern und sagt, dass sie's ihm schon zeigen wird, er sei nämlich gar nicht so gut, wie er glaubt.

»Aber wie denn zeigen?«, frage ich. »Mit ihm gemeinsam in der Mannschaft?« Woraufhin Liv wieder mit den Schultern zuckt und meint, da merke man es auch, so von wegen Ego und Durchrempeln, aber technisch-taktisch keine Ahnung.

Aber mir geht's ja gar nicht darum, ihn im *Fußball* zu besiegen! Ich will, dass er kapiert, dass er mit seiner *Art* bei uns nicht durchkommt.

Jolanda versteht das, die findet Mattis auch

durchschaubar. Gleichzeitig will sie aber *mich* andauernd durchschauen und mir nachweisen, dass ich mich nur mit Mattis streite, weil *ich* unbedingt gewinnen will –

»Ja natürlich!«, sage ich. »Weil ich im Recht bin! Und wer recht hat, soll gewinnen, oder wie stellst du dir das vor?«

Und darauf sagt sie nichts mehr, sondern findet, dass ich sie nicht anzicken soll, schließlich könne sie ja nichts dafür.

Genau so wie Annette gestern.

Und ich will sie ja auch nicht anzicken, keine von beiden, weder Annette noch Jolanda. Aber ich will, dass sie verdammt noch mal zu mir halten!

Kann's nicht einen Schiedsrichter geben, der in alle Hirne reinguckt und daraufhin nach Rechthaben sortiert? Ich schwöre, ich würde mich fügen und die Klappe halten, ganz bestimmt.

Im Drogeriemarkt gibt es keine Glitzersteine. Ich soll zu *Kaufhof* gehen, sagt die Verkäuferin, da gäb's 'ne große Faschingsabteilung.

Kaufhof ist ziemlich weit weg. Ich könnte die U-Bahn nehmen, aber die kostet Geld, vier Euro hin und zurück. Wo ich doch schon rechnen muss, ob die Glitzersteine überhaupt drin sind!

NOTWENDIGKEIT

Seit Oktober, seit ich elf bin, krieg ich dreimal so viel Taschengeld wie vorher. Wovon ich jetzt aber auch alles, was nicht absolut notwendig ist, selbst bezahlen muss.

Nun ist die Frage: Was ist notwendig und was nicht.

»Na ja«, hat Annette gesagt, »notwendig sind Essen und Miete, also: ein Dach über dem Kopf, zwei Hosen, eine warme Jacke, ein Paar Winterstiefel, ein Paar Sandalen. Turnschuhe, Turnhose, Schulsachen. Also: die Sachen, die die Lehrer am Anfang des Jahres auf die Liste schreiben.«

»Pulli?«, frage ich.

»Ja natürlich Pulli. Mensch, tu doch nicht so!«

Ich sag nichts mehr. Ich tu nicht so, ich find's wirklich nicht so klar. Sie redet immer über Afrika, und da wär's schließlich ganz anders.

»Eis?«

Annette runzelt die Stirn. »Wenn du mit uns Eis essen gehst, zahl ich's dir natürlich. Aber wenn du jeden Tag eins brauchst, musst du's selber zahlen.«

»Dann reicht mein Geld aber nur für Eis.«

»Ganz genau. So ist das gedacht. Dass du dir selbst überlegst, wofür du das Geld ausgibst.«

Ja, ja.

Ich will gar nicht so viel Eis essen. Nicht, wenn ich gerade bei Rosalie war und denke, dass ich so dünn sein sollte wie sie und ihre Mutter.

Tom kauft sich fast jeden Tag nach der Schule mit Oskar Süßigkeiten bei *Netto*, Bonbons oder Chips oder anderthalb Liter Eistee. Seine zwei Euro die Woche reichen maximal bis Dienstag, aber Oskar hat immer Geld, der lädt ihn den Rest der Woche ein. Oder Tom sammelt Pfandflaschen, was fies ist, weil jede Menge Leute rumlaufen, die das beruflich machen, also Erwachsene, ich meine: Penner. Annette und Christoph sagen, das geht nicht, dass Tom denen die Flaschen wegnimmt, aber ernsthaft verbieten tun sie's ihm nicht.

Tom schnorrt auch. An Probierständen geht er fünfmal vorbei, und einmal hat er sogar einen Mann auf der Straße angesprochen, ob der ihn mal von seiner Pizza abbeißen lässt, und der hat tatsächlich Ja gesagt.

Als Tom das zu Hause erzählt hat, gab's dann doch Ärger.

»Verdammt, du bist nicht mehr drei!«, hat Christoph gesagt, aber so eindeutig finde ich das, ehrlich gesagt, auch nicht, womit wir schon wieder in Afrika wären. Warum darf Tom Flaschen sammeln, aber nicht betteln? Warum darf er sich von irgendwelchen Fitnessstudio- oder Handy-Promotern was schenken lassen und von Privatpersonen nicht?

Vor zwei, drei Jahren gab's im Haus richtig Krach. Max hatte vor der Wohnung seiner Eltern eine Art Flohmarktstand aufgebaut, im Treppenhaus, und die anderen Kinder sind los, um sich Geld zu holen und was bei ihm zu kaufen. Und weil das so gut lief, hat Max immer mehr Zeug aus der Wohnung geschafft, auch Joghurt und Bananen aus der Küche, und Leonie, die erst drei war, hat ihm für zwei Euro 'ne Banane abgekauft. Und da ist Annette hin und hat gesagt, das geht nicht, er soll das Geld wieder hergeben, und überhaupt findet sie das Scheiße, Flohmarkt im Treppenhaus, vor allem mit Zeug, das ihm gar nicht gehört. Aber Franziska, Max' Mutter, hat gesagt, Annette soll sich nicht so haben, das sei doch nur ein harmloses Spiel, und Annette hat gesagt, schönes Spiel, wie wär's dann mal mit Spielgeld, mal sehen, ob Max dann immer noch so eifrig dabei ist.

»Das ist nicht dein Geld«, hat Franziska gesagt, was wahr war, es war das Geld von Leonies Mutter und ein paar andern, die es, schätze ich mal, alle niedlich fanden, wie die Kinder miteinander spielen. Jedenfalls haben sie abgewunken und wollten ihr Geld nicht zurück, und Franziska war zufrieden, und Annette war ganz bleich und ist ohne ein weiteres Wort nach oben gegangen und hat Christoph am Abend alles erzählt, und er hat gesagt:»Was erwartest du, die wollen einfach nur ihre Ruhe, und die erkaufen sie sich sonst noch viel teurer.«

Und Tom war sauer, weil er natürlich Max' Geschäftsmodell sofort nachmachen wollte und dafür keine Erlaubnis bekam.

Geld ist immer so ein furchtbar heikles Thema. Keines zu haben ist irgendwie besser, und alle tun auch so, als hätten sie keines, aber gleichzeitig geht's darum, alles Mögliche zu haben, Handys und Klamotten und Spiele, und wo man schon überall im Urlaub war.

Am besten, hab ich festgestellt, ist es so wie bei Oskar. Dessen Eltern haben kein Geld und sind also die Guten, aber seine Großeltern sind richtig reich und stecken Oskar, wenn sie zu Besuch sind, einfach mal so fünfzig Euro zu und nehmen ihn in den Winterferien mit nach La Gomera und schenken ihm ein i-Pad zum Geburtstag, nein, zum Halbjahreszeugnis, und *Hummel*-Sneakers aus dem Flagshipstore.

Ich hab dann »notwendig« im etymologischen Wörterbuch nachgeschlagen. Es bedeutet »die Not wenden«, also abwenden, und »Not« ist verwandt mit dem englischen *need*: Bedürfnis. Synonyme für »Bedürfnis« sind aber wiederum »Verlangen, Wunsch« – also bitte, Annette! Wie soll ich wissen, was »notwendig« ist? Ich spüre ein großes Verlangen nach *Hummel*-Turnschuhen und ich wünsche mir wirklich ein eigenes i-Pad!

»Okay«, hat Annette gesagt, als ich ihr diese Erkenntnis mitteilte. »Notwendig ist das, was Christoph und ich für notwendig halten. Machen wir uns nichts vor, ihr seid als Kinder einfach unserer Willkür ausgesetzt. Am besten, du fragst mich jedes Mal, und wenn ich Nein sage, kaufst du's dir selber.«

GLITZERTUSSI

Ich beschließe, mit dem Fahrrad zu fahren. Das ist zwar anstrengend – vor allem hinterher, wenn es den Berg wieder raufgeht –, aber ich spare vier

Euro, und die Glitzersteine sind wirklich absolut notwendig! Ich will schön sein am Montag, ich will alle blenden ...

Zwischen Brunnen und *Kaufhof* stehen gleich zwei Wurstverkäufer mit diesen Umhänge-Grills, und der Duft ihrer Bratwürste steigt mir in die Nase – aber nein, ich werde keine Bratwurst essen, ich warte bis zum Mittag und spare mein Geld. Ich schließe mein Fahrrad an einen Laternenpfahl und atme durch den Mund statt durch die Nase, damit ich den Bratwurstduft nicht mehr riechen muss. Das ist auch gut in der Parfümerieabteilung – keine Ahnung, wie die Verkäuferinnen es dort den ganzen Tag aushalten: ewig lächelnd und ganz ohne Atemmaske! Schön sind sie schon. Na ja. Ziemlich tussig.

Ich fahre auf der Rolltreppe bis hoch zur Aktionsfläche, und da gibt es wirklich so ungefähr alles: Kostüme, Masken, Perücken – ganz viele Accessoires, das meiste allerdings aus Plastik. Zum Glück bin ich darauf nicht angewiesen!

Ich werd mir einen echten Bogen und Pfeile machen. Nach Stöcken kann ich auf dem Heimweg suchen, vielleicht gibt's welche auf dem Friedhof.

Die Schminksachen sind auf einem Tisch ziemlich durcheinandergewühlt, aber ich finde, was ich brauche: zwei kleine Briefchen mit Glitzersteinen zum Ankleben. Einmal Rot- und Rosa-Töne, einmal Blau und Grün. Ich kann mich nicht entscheiden – zwei Euro neunundneunzig die Packung, aber ich nehme trotzdem beide. Nur einmal im Jahr ist Fasching, und wenn das dann gut aussieht, will ich's vielleicht irgendwann mal wieder machen und kann dann die brauchen, die am Montag übrig sein werden.

Ich schau noch ein bisschen bei den Kostümen. Die sind alle ziemlich scheußlich, nichts, was auch nur annähernd an mein Urwaldkleid heranreicht!

Ich geh rüber zu den normalen Klamotten.

Eigentlich würd ich nämlich auch sonst gerne mehr Kleider und Röcke anziehen, aber ich hab keine. Und bei uns – ich meine: unter meinen Freundinnen in der Schule – ist das auch ziemlich verpönt. Liv hat immer nur Hosen an, und früher haben wir gemeinsam über Tussis gelästert: also über Mädchen, die sich schminken und Absatzschuhe tragen und kreischen, wenn sie auf dem Schulhof eingeseift oder beim Schwimmen ins Wasser geschubst werden sollen. Wir waren stolz darauf, für Jungen gehalten zu werden, und ich hatte sogar noch kürzere Haare als Liv. Jetzt gehen meine Haare ja wieder fast bis zur Schulter, und ich bin mir auch gar nicht mehr so sicher, was einen genau zur »Tussi« macht.

Ich nehme einen dunkelgrünen Rock mit in die Kabine.

Die Kabine ist klasse, da gibt es nicht nur einen Spiegel, sondern gleich zwei, damit man sich auch von hinten angucken kann.

Der Rock sieht furchtbar aus. Irgendwie steht mir so etwas nicht, ich sehe aus wie ein Idiot.

Rosalie hat manchmal Röcke an und dazu Stiefel, aber bei ihr wirkt es anders, sie sieht darin nicht brav aus, nicht wie ein dummes kleines Kindergartenmädchen.

Ob es wirklich nur an der Figur liegt? An der Größe? Ich brauche wohl wenn, dann ein Kleid. Und am besten hohe Schuhe, aber das geht nicht, da denkt Liv, dass ich jetzt total durchgeknallt bin, die schlimmste Tussi überhaupt.

Ich brauche dünnere Beine. Ich weiß nicht, wie Rosalie es macht, dass sie so dünn ist. Sie isst kein bisschen weniger als ich, im Gegenteil: Zwar will Katrin auch, dass sie sich gesund ernährt, aber Rosalie hat immer Süßigkeiten bei sich im Zimmer.

Fast alles, was gut schmeckt, ist ungesund und macht dick. Süßigkeiten, Chips, Pommes, Bratwürste, Nutella –

Wieso gibt es das dann überhaupt, frag ich mich. Weil es schmeckt und glücklich macht. So lange, bis man zum ersten Mal an einem Oberschenkelvergleich teilnimmt und feststellen muss, dass man die zweitdicksten von allen hat.

»Das sind die Gene«, sagt Annette, und ich sei genau richtig so, wie ich bin.

»Du wächst schon noch«, sagt Christoph, »in ein paar Jahren ist das dann ganz anders.«

In ein paar Jahren, prima. Ich zieh den Rock aus und meine Jeans wieder an. Ich *will* ja gerne, dass es mir nichts ausmacht. Aber es macht mir was aus.

Wer behauptet, Oberschenkelumfang sei egal, der lügt.

»Denk nicht so viel darüber nach«, sagt Annette.

Aber wie denn, wenn man sich hier im Spiegel betrachtet? Ob wir vielleicht deshalb zu Hause keinen haben? Zuzutrauen wär's Annette: dass sie auf Spiegel verzichtet, aus Protest gegen den allgemeinen Schönheitswahn.

OBERSCHENKELVERGLEICH

Das war, als ich in die dritte Klasse kam. Da hat man zum ersten Mal Schwimmen statt Sportunterricht, und weil bei uns in der Schule ja immer Erst- bis Drittklässler gemeinsam lernen, reichen die Drittklässler aus einer Lerngruppe für den Schwimmunterricht nicht aus, und man hat ihn deshalb zusammen mit den Drittklässlern aus anderen Gruppen. Mit lauter Kindern, mit denen man sonst überhaupt nichts zu tun hat. Die man nicht so gut kennt und die man meistens auch nicht leiden kann, weil die Lerngruppen natürlich miteinander konkurrieren. Sollen sie nicht, schon klar: In unserer Schule sind alle eine große Gemeinschaft. Aber dann gibt es eben doch andauernd Wettbewerbe, bei denen es darum geht, welche von den Lerngruppen die beste ist – Fußballturniere beim Hoffest, Preise für den hübschesten Lerngruppenraum und natürlich die Frage nach der »sozialen Kompetenz« – die Lerngruppe, die dabei gewinnt, kriegt dann die Inklusionskinder beziehungsweise Mobbingopfer aus den anderen Gruppen.

Wir sitzen also aufgereiht mit fünfzehn weiteren, unsympathischen Drittklässlern auf der Bank am Becken und warten, dass der Schwimmunterricht losgeht, und am linken Ende fangen sie so komisch an zu kichern, und dann steht eine auf, deren Namen ich nicht einmal kenne, und geht die Reihe entlang und guckt.

Ich hab erst hinterher kapiert, wonach, sonst hätte ich vielleicht meine Beine ein bisschen anheben können, damit die Oberschenkel wenigstens nicht so platt und breit gedrückt werden. Aber da war es schon zu spät, beziehungsweise war mir damals ja noch gar nicht klar, dass das überhaupt ein Kriterium ist: dicke Beine. Ich dachte bis dahin, ob jemand dick ist, sieht man vor allem am Bauch. Den kann ich einziehen, das konnte ich auch damals schon, aber plötzlich waren dann halt die Oberschenkel das Wichtigste, und die lassen sich nicht einziehen. Und als ich dann erfuhr, dass meine am zweitdicksten sind – nach denen von Blanka, die aber auch sonst ziemlich dick ist –, konnte ich beim Schwimmen an nichts anderes mehr denken und hab mir gewünscht, ich könnte so einen Ganzkörperbadeanzug tragen wie die muslimischen Mädchen, die ich mal in Kreuzberg im Schwimmbad gesehen hab. Oder wenigstens so lange weite Badehosen wie die Jungs. Mit bunten Blumen drauf, die von allem ablenken.

Ich häng den Rock zurück.

Egal, ist doch egal, versuche ich mir einzureden, nein, mehr noch: ist doch sehr gut! Wenn mir der Rock gestanden hätte, müsste ich ihn jetzt kaufen, dann würd ich ihn unbedingt haben wollen. Aber ich will ja auf die *Hummel*-Turnschuhe sparen.

»Sieh die positiven Seiten«, sagt Annette immer.

Das habe ich hiermit getan.

VERHÄLTNISSE

Als ich nach Hause komme, sind die Erwachsenen gerade fertig mit dem Plenum. Sie schlurfen mit Kaffeebechern in der Hand durchs Treppenhaus, verschwinden hinter ihren Türen, und Annette ist aufgebracht wie immer nach den Versammlungen und knallt den Topf ins Spülbecken, um Nudelwasser einlaufen zu lassen.

»Was für eine Zeitverschwendung!«, zischt sie ins Zischen des Wasserstrahls hinein.

»Wieso, was war denn?«

Ich hänge meinen Mantel an den Haken, und

Toms Jacke häng ich auch mit auf, damit Annette sich zumindest darüber nicht aufregen muss.

»Nichts!«, sagt sie. »Zwei Stunden Gelaber für gar nichts!« Es klingelt.

»Das ist Uta«, brummt Annette, »für dich.«

Ich mach die Tür auf, und tatsächlich steht Uta, unsere direkte Nachbarin, davor und legt den Kopf schief.

»Hallo, Erna, ich wollte dich fragen, ob du vielleicht Ophelia für mich hüten kannst.«

Ophelia ist Utas Katze. Eine große, dicke, grauschwarz getigerte Katze; Uta sagt, sie sei ein Persermischling und habe deshalb so ein dickes, weiches Fell.

Ich krieg öfters solche Jobs im Haus: für fünfzig Cent am Tag Blumen gießen oder eben Katze füttern und Briefkasten leeren.

»Klar«, sage ich, »das mach ich gerne.«

»Gut.« Uta gibt mir ihren Ersatzschlüssel. »Morgen Nachmittag flieg ich los, aber es reicht, wenn du Montag früh das erste Mal rübergehst.«

Ich nicke.

»Ich bin zwei Wochen weg, ist das okay für dich? Wird das nicht zu viel?«

»Nein, überhaupt nicht.«

Sie sieht zu Annette rüber, die im Schrank nach der Fertigsoße wühlt.

»Soll ich euch vielleicht auch noch die Reste aus meinem Kühlschrank bringen?«

»Klar, immer her damit!«, sagt Annette. »Bei uns kommt alles weg.«

Ich finde, das klingt ein bisschen unfreundlich. Ich versuche es auszugleichen, indem ich sage: »Ich freu mich. Ich mag Ophelia sehr.«

Ich hätte gerne eine eigene Katze. Aber Annette findet, dass zwei Kinder genug sind, sie mag sich nicht auch noch um ein Haustier kümmern. Dabei will *ich* doch die Katze, und sie hätte genau gar nichts damit zu tun!

»Schön«, sagt Uta. »Dann komm ich morgen Mittag noch mal rüber.«

Annette nickt.

»Und diesmal hab ich gedacht, dass du einen Euro pro Tag bekommst«, sagt Uta noch zu mir, »das ist schließlich eine große Verantwortung.«

Wow.

Mit so viel Geld hab ich gar nicht gerechnet. Vierzehn Euro! Und bestimmt rundet sie noch auf auf fünfzehn.

»Warum immer du?«, fragt Tom, als wir beim Mittagessen sitzen.

»Weil sie zu den großen Kindern im Haus gehört, und die Nachbarn außerdem denken, dass

Mädchen zuverlässiger sind als Jungs.« Annette klingt immer noch genervt.

»Und warum dann nicht Rosalie?«

»Weil sie drittens denken, dass eine wie Rosalie es nicht nötig hat und man die bestimmt nicht mit fünfzig Cent am Tag von ihrem i-Pad weglocken kann.«

»Einem Euro!«, sagt Tom vorwurfsvoll.

»Na, umso besser«, sagt Annette. »Und dann noch ihre angebrochenen Joghurtgläser. Klasse.«

Christoph seufzt.

Er mag es überhaupt nicht, dass wir immer die Sachen von den Nachbarn aufbrauchen sollen, während die auf die Malediven oder sonst wohin fliegen.

»Was soll's«, sagt Annette, »wenigstens sind die Verhältnisse klar.« Sie meint damit: wer Geld hat und wer nicht.

Ich würde auch gerne mal wegfliegen. Besser als verwelkter Salat, blühender Brokkoli oder drei Gläser Bio-Holunder-Joghurt kurz vorm Verfallsdatum im Kühlschrank – obwohl der ziemlich lecker ist, und Annette kauft ihn nie.

»Sie fliegt außerdem nicht auf die Malediven«, sagt Annette. »Sie geht Ski laufen mit ihrer Mutter.«

»Ihrer *Mutter*? Wie alt ist die denn?« Christoph

sieht Annette über die Spaghetti hinweg ungläubig an.

»Keine Ahnung, achtzig? Bestimmt hat sie neue Gelenke.«

Und dann lachen sie, und ich weiß nicht genau, warum. Aber immerhin ist die Stimmung wieder besser.

Ich gehe in mein Zimmer und lege letzte Hand an mein Kostüm. Das ist auch so eine komische Redewendung: »letzte Hand anlegen«. Gruselig! Eigentlich bedeutet es nur, die letzten Handgriffe zu tun, bevor etwas fertig ist, aber es klingt nach Tod, nach Geistern und Vampiren. An Halloween war ich Zombie. Halloween ist auch toll, aber nicht so gut wie Fasching. Klar, es gibt das Süßigkeitensammeln, und Tom und Oskar sind natürlich Meister darin, die kommen jedes Mal mit einem riesigen Sack voll nach Hause, weil sie dreist genug sind, auch in die Läden reinzugehen.

Aber vom Verkleiden her ist man ziemlich eingeschränkt, weil es ja was Gruseliges sein soll.

Ich find's toll, was zu sein, was es auch gibt, was man in Wirklichkeit gerne wäre. Ich stell mir immer vor, in einer anderen Zeit oder einem fernen Land zu leben, in Zelten oder Hütten zu schlafen und mit der Armbrust oder Pfeil und Bogen zu jagen und ein Pferd zu haben. Ich bin überhaupt kein Pferdemädchen, aber ein Leben in der Natur fänd ich toll. Dass man im Fluss badet und am Feuer sitzt und echte Abenteuer besteht. Ich bin gern im Wald, aber hier gibt es keinen, außer das Birkenwäldchen im Mauerpark, wo alles voller Glasscherben und Hundescheiße liegt. Und natürlich Friedhöfe.

Auf dem Friedhof hab ich einen richtig guten Stock gefunden, einen biegsamen Weidenstock, perfekt für meinen Bogen. Ich wickele als Griff einen Fellstreifen darum. Das mit der Schnur als Bogensehne klappt nicht, ich krieg es nicht hin, dass man schießen kann. Aber Waffen sind in der Schule sowieso nicht erlaubt. Ich lass die Pfeile einfach weg und häng mir den Bogen als Schmuck über die Schulter. Außerdem hab ich in dem Schuhkarton, in dem Annette ihren ganzen Krimskrams aufbewahrt, eine Muschelkette gefunden. Ich hab sie nicht gefragt, ob ich die ausleihen darf, weil es ja eine Überraschung sein soll, aber ich denke mal, das geht in Ordnung.

Ich würde sagen, ich bin fertig.

Das Kleid fühlt sich gut an auf der Haut. Der Futterstoff ist ganz glatt, und das Wildleder ist weich, und die Fellstücke sind flauschig. Ich straffe den Rücken, lege die Hand um den Bogen, den Kopf in den Nacken und bin nicht mehr in meinem Zimmer, sondern oben auf einem Felsplateau, endlose Weite, allein mit der Sonne, die gerade untergeht ...

Ein paar sanfte Klavierakkorde, dann setzt das Schlagzeug ein.

»The winner takes it all!«, jubelt Agneta aus dem CD-Spieler – ich habe den Text noch nicht übersetzt, aber er hat irgendwas mit Gewinnen zu tun.

Die Musik wird wieder langsamer, nur noch das Klavier ist zu hören.

Die Sonne geht endgültig unter, große Büffelherden ziehen in der Ferne vorbei, ich sehe ihnen nach; ich werde heute nicht mehr jagen, habe in meinem Zelt einen schönen Vorrat angelegt. Heute bin ich nur unterwegs, um zu spüren, dass ich lebe. Ein warmer Wind streichelt mein Gesicht, dann höre ich leise mein Pferd hinter mir schnauben. Ich greife mit beiden Händen in seine Mähne, schwinge mich geschickt, ohne Steigbügel, auf seinen Rücken. Ein Weilchen bleiben wir noch stehen, dann reite ich über die Ebene zurück ins Lager, bringe mein Pferd in den Corral und begebe mich ans Lagerfeuer, wo ich freudig von den anderen begrüßt werde ...

WETTBEWERB

Am Montagmorgen steht Annette mit uns auf. Normalerweise steht unter der Woche Christoph mit uns auf, weil Annette morgens immer so schlechte Laune hat, dass es besser ist, sie schläft, und wir kriegen das nicht mit.

Christoph hat morgens auch schlechte Laune, aber das ist nicht so schlimm, weil er nicht auch noch ein schlechtes Gewissen hat deswegen. Er schnauzt uns an, dass wir uns beeilen sollen, ohne gleich darauf zu erklären, dass *er* ja schon immer dagegen war, dass die Schule so früh anfängt und es Studien gibt, nach denen Kinder vor neun Uhr sowieso nicht aufnahmefähig sind. Christoph sitzt einfach schlecht gelaunt da und schmiert Pausenbrote und schweigt, und deshalb mag ich es auch lieber, wenn *er* mit uns aufsteht.

Aber heute ist ja die Party, und Annette will unsere Kostüme sehen und uns, bevor wir gehen, fürs Familienalbum fotografieren.

»Mensch«, sagt sie, als ich in meinem Kleid aus dem Zimmer komme, »das ist ja wirklich toll geworden. Was für eine wunderschöne Indianerin!«

Ich hab mir ihre Muschelkette nicht um den Hals, sondern dreifach ums Handgelenk geschlungen, dazu Perlen in die Haare, als Abschluss von ganz dünnen Zöpfen. Es sieht toll aus, das finde ich auch, aber jetzt frage ich mich, ob nicht doch alle denken werden, dass ich Indianerin bin, und das ist eigentlich zu kindisch, das war ich ja mit vier.

»Ureinwohner und Indianer sind halt fast dasselbe«, sagt Annette.

»Ja, das weiß ich doch, das ist ja genau das Problem!« Ich *will* Indianerin sein, aber nicht so kindisch wie beim Cowboy-und-Indianer-Spielen, sondern in echt!»Was könnte ich denn sagen, was ich bin?«

Annette hilft mir, die Glitzersteinchen über die Augenbrauen zu kleben.

»Warum ist das denn so wichtig?«

»Man muss sich vorstellen, bei der Jury vom Kostümwettbewerb.«

»Was? Schon wieder Wettbewerb?«

Jetzt folgt ein Vortrag, dass es doch mal schön wäre, sich einfach nur so zu verkleiden und zusammen Spaß zu haben, dabei ist sie selbst total ehrgeizig. Das Indianerkostüm, das sie mir im Kindergarten genäht hat, war auch aus echtem Leder, während alle anderen eins von *McPaper* oder *Kaufhof* hatten, aus so billigem Stoff oder Filz. Und für den Kopfschmuck hat sie damals Krähenfedern gesammelt und ein Stirnband bestickt, statt die grün-rot-gelb gefärbten Federn aus dem Bastelbedarf auf eine Papierschlaufe zu tackern. Ich weiß nicht, mit wem sie im Wettbewerb steht, aber »Spaß« ist das auch nicht gewesen.

Tom ist schon fertig. Er geht als Mädchen, hat sich mein rot-schwarz gestreiftes Sommerkleid geliehen und Haarspangen von Leonie über uns. Er sieht wirklich aus wie ein Mädchen, und zwar wie ein ziemlich hübsches und vor allem dünnes, eines, das ich auch gern wäre, weil es kurze Röcke und Skinnyjeans anziehen und super schnell rennen, gut Fußball spielen und Rad schlagen kann.

»Hässliche Frisur«, sage ich, damit er sich nicht zu toll vorkommt.

»Selber hässliche Frisur. Wetten, die Perlen fallen gleich wieder raus?« Annette flucht. »Du brauchst Haarspray!«

Wir haben kein Haarspray, nur grünes vom letzten Jahr.

»Wann genau ist denn der Wettbewerb?«, fragt Annette. »Vielleicht hält es so lange, wenn du dich nicht zu sehr bewegst.«

WAHRHEIT ODER PFLICHT

In der Schule angekommen, gehe ich zuerst aufs Klo, um die Strumpfhose, zu der Annette mich gezwungen hat, wieder auszuziehen. Erstens haben Ureinwohner keine Strumpfhosen, und zweitens gibt es keine Strumpfhosen, wo mir nicht nach zwei Schritten der Zwickel zwischen den Knien hängt. Das ist so unangenehm, und ich will ja nicht dauernd unter meinem Kleid die Strumpfhosenbeine wieder hochziehen. Annette hat gemeint, man kriege das Problem in den Griff, indem man eine zweite Unterhose *über* die Strumpfhose zöge, aber jetzt mal ehrlich: wenn das jemand sieht, kann ich die nächsten acht Wochen nicht mehr in die Schule gehen.

Es ist gar nicht so kalt. Für Ende Februar ist es sogar ziemlich warm, und ich hätte problemlos ohne Strumpfhose gehen können, aber das ist auch so ein unüberwindbares Eltern-Thema: dass die Kinder warm genug angezogen sind. Darin sind sich alle Eltern einig, und deshalb lohnt es sich nicht, darüber zu streiten.

Ich höre, dass jemand im Vorraum ist. Maria und Jana aus der Achten, die vermutlich ihr

Make-up überprüfen. Ich stopfe die Strumpfhose in meine Tasche und schließe die Kabinentür auf.

»Wow! Erna! Geiles Kleid!«

Jana kreischt immer so. Ich freu mich trotzdem. Sie ist mit mir in der Theater-AG, und als wir vor zwei Jahren noch zusammen in der Lerngruppe waren, saßen wir gemeinsam am Tisch.

Maria guckt nur. Sie ist neu, sie war bis vor den Sommerferien in einer anderen Schule, einer richtigen Schule mit Pausenklingel und Noten, in der man die Lehrer siezt und die Klassen Nummern statt Märchennamen haben. Ich würde gerne wissen, was sie denkt – hoffentlich nicht, dass ich als Indianerin gehe und wie kindisch das doch ist.

Die beiden haben keine richtigen Kostüme, nur so eine Art Gruftie-Look wie an Halloween: blasse Gesichter, dunkel geschminkte Augen, Maria eine Perücke mit ganz glatten, schwarzen Haaren, mit der sie aussieht wie eine Erwachsene.

Als Achtklässler treten sie ja nicht beim Kostümwettbewerb an, aber bestimmt sind sie beide in der Jury.

Plötzlich ist es mir peinlich, wie viel Mühe ich mir mit meiner Verkleidung gegeben habe. Dass ich mitmache bei so einem Kinderkram. Ich will hingehen und mir von ihnen Wimperntusche borgen, oder noch besser einen Tampon, aber das traue ich mich nicht, die lachen sich ja tot.

Ob Maria deshalb so cool ist, weil sie früher auf einer richtigen Schule war, einem Gymnasium wie dem von Rosalie? Wo sie das richtige Leben schon mal kosten konnte und deshalb das, was in unserer Schule vor sich geht, ziemlich albern findet? Wenn ich nach dem Sommer in die Siebte komme, bin ich wieder mit Jana und Maria in der Gruppe; hoffentlich hab ich bis dahin meine Periode.

In unserem Lerngruppenraum läuft Udo Jürgens. Theo steht darauf und hat die anderen angesteckt, sie grölen lauthals mit:»Ich war noch niemals in New York, ich war noch niemals auf Hawaii ...«

Birgit, unsere Lehrerin, hält sich die Ohren zu. Sie ist als »Rotkäppchen« verkleidet, mit Schürze um und Korb am Arm.

Ich stelle meine Schokoküsse aufs Buffet, also: auf die vors Fenster geschobenen Tische.

Unser Lerngruppenraum sieht eigentlich aus wie ein ganz normales Klassenzimmer, außer dass nie was an der Tafel steht, weil wir ja keinen Frontalunterricht haben. An der Tafel hängen Bilder und Plakate, und die Tische sind norma-

lerweise zu Gruppentischen zusammengestellt.
Rechts in der Ecke gibt's so 'ne Art »Bibliothek«,
also Regale mit Büchern und Spielen darin, und
davor liegen ein Teppich und riesige bunte Kissen, damit man sich's gemütlich machen kann.
Dort haben jetzt, im Takt von Udo Jürgens, ein
paar von den Jungen eine Kissenschlacht begon-
nen; es ist wirklich ganz schön laut.

Die anderen, die schon da sind, bewundern gegenseitig ihre Kostüme, und Birgit steht nur da
und guckt. Unterricht soll offenbar keiner statt-
finden.

»Hey«, sagt Liv und kneift mir in den Oberarm.

Ich lache und verschränke die Arme vor der
Brust. Plötzlich komme ich mir nackt vor. Vielleicht
hätte ich doch irgendwie Ärmel oder wenigstens
Träger dranmachen sollen –

Liv ist so gut wie gar nicht verkleidet, hat nur
lauter geringelte Sachen an.

Jolanda ist »Oma«, sie trägt ein geblümtes Kleid
und eine graue Perücke und hat sich ein Kissen
vorne reingestopft, als Bauch. Und es stimmt
schon, das sieht witzig aus, auch wie sie sich
immer an den Rücken fasst und mit hoher
Stimme:»Hach, hach, ja, die Jugend von heute!«
krächzt, ist lustig. Aber ehrlich gesagt finde ich,
dass Omas heutzutage gar nicht mehr so aus-

sehen, jedenfalls keine, die ich kenne. Die sind doch alle total schick und auf Diät und Facebook und färben sich die Haare und beschweren sich nicht über die Jugend, sondern wollen unbedingt dazugehören.

Es ist echt nicht so leicht, vormittags und im undekorierten Lerngruppenraum Partystimmung zu erzeugen. Nicht nur das Essen und die Verkleidungen passen besser zu abends, auch Rumsitzen und Musikhören machen irgendwie keinen Spaß, wenn man nicht vorher was Richtiges getan hat. Soll ich vorschlagen, dass wir erst mal ein bisschen Mathe üben? Schlechte Idee, ich gelte ohnehin schon als Streberin.

»Frau Professor«, sagt Mattis oft zu mir, vor allem, wenn ich zwischendurch mal *nicht* recht habe, sondern mich bei irgendwas vertue. »Da hat die Frau Professor wohl die Variablen verwechselt!« – er ist nämlich auch gut in Mathe und wütend, dass ich zwei Pläne weiter bin als er.

Aber ich find's einfach öde, nichts zu tun, und tierisch laut ist das Nichtstun auch, weil die Jungs sich dabei immer kloppen und komische Geräusche von sich geben, die Viertklässler jedenfalls. Sie sind weiterhin hinten in der Leseecke, ein großer, brüllender Haufen, und ich und Liv lehnen an der Fensterbank und warten, dass Birgit vielleicht mal ein Spiel anleitet oder zumindest das Büffet für eröffnet erklärt. Stattdessen geht sie raus, lässt uns hier allein, und ich frage mich, ob sie wirklich einfach *gar nichts* tun will, bis sich um zehn alle Gruppen in der Aula treffen, zum Kostümwettbewerb und der Disco.

»Ob wir schon essen dürfen?«, fragt mich Liv, und ich zucke mit den Achseln und nehme mir einen von den Schokoküssen, und dann fangen wir einfach an, und in kürzester Zeit ist das Büffet geplündert, nur die Karottenstreifen, die irgendwer als »gesunde Alternative« mitgebracht hat, sind noch übrig, als Birgit zurückkommt.

Sie grinst und hebt eine Augenbraue. Darin ist sie gut: einem das Gefühl zu geben, dass man sich komisch verhält. Liv stört das nicht. Ihr ist es egal, ob die Lehrer- und Erzieherinnen sie mögen, und darauf bin ich neidisch.

»Schlagt doch mal ein Spiel vor«, sagt Birgit, und Mattis brüllt:»Wahrheit oder Pflicht!«

Alle lachen, aber Birgit sagt:»Gut!«, und wir bilden auf dem Teppich einen Kreis. Ich bin nicht sicher, ob Birgit das Spiel kennt, weil sie Mattis erwartungsvoll ansieht, der jetzt doch ein bisschen rot geworden ist.

»Okay«, sagt er,»Erna fängt an.«

Typisch. Erst vorpreschen und sich dann nicht trauen.

Ich hole schweigend eine von den halb leeren O-Saft-Flaschen vom Büffet und dreh sie. Sie zeigt auf Thorben, Glück gehabt, weil: Der ist klein.

»Wahrheit oder Pflicht?«, frage ich, und Thorben guckt unsicher zu Elias, seinem besten Pokemon-Kartentausch-Freund, und Elias hebt die Schultern. Die Runde kichert.

Liv sagt: »Nimm halt Pflicht.«

»Pflicht«, sagt Thorben.

»Iss die Karotten auf«, sage ich, »die sind gesund.«

Ein paar rufen Buh, weil die Aufgabe nichts mit Sex oder sonstiger Peinlichkeit zu tun hat, aber das macht mir nichts. Ich find's total bescheuert, unter Erwachsenenaufsicht »Wahrheit oder Pflicht« zu spielen – ist doch klar, dass das nicht funktioniert.

Thorben holt die Karotten und dreht dann die Flasche, und sie zeigt auf Luisa, die auch zu den Kleinen gehört.

Sie sagt: »Wahrheit«, und Thorben sieht schon wieder zu Elias, dann zu Mattis, der ihm ermutigend zunickt.

»In wen bist du verliebt?«, fragt Thorben, und alle lachen; sehr gut, Thorben hat's kapiert.

Luisa runzelt die Stirn und sieht zu Boden. Kann sein, dass sie das noch nie gespielt hat, sie war auf der Schulfahrt im Herbst nicht mit dabei.

»Weiß ich nicht«, murmelt sie, und wieder gibt es Buhrufe.

»Sag irgendwas«, rate ich ihr und gucke unauffällig zu Birgit rüber, die aber so tut, als sei alles wunderbar und ganz normal.

Luisa fängt vielleicht gleich an zu heulen, also sage ich zu Thorben: »Frag sie doch was anderes.«

Thorben sagt: »Na gut. – Hast du schon mal im Supermarkt geklaut?«

Alle johlen, Thorben hat's wirklich drauf. Erstaunlich für einen Viertklässler. Luisa starrt Thorben aus runden Augen an.

»Nein!«, sagt sie, fast ein bisschen empört. Mattis lacht, mir tut Luisa leid. Jetzt ist sie dran.

Die Runde ist viel zu groß, als dass es wirklich Spaß machen könnte; eigentlich ist die spannendste Frage, wie lange Birgit uns das hier durchgehen lässt.

Die Flasche zeigt auf Freddie, und der sagt natürlich: »Pflicht!«, und Mattis lehnt sich zu Luisa rüber und flüstert ihr was ins Ohr.

Leise wiederholt Luisa: »Du musst Jolanda küssen«, und Freddie fragt: »Wie denn? Mit Zunge oder ohne?«, und jetzt gucken natürlich alle zu

Birgit und giggeln, und Birgit sagt:»Okay, Leute, hab schon verstanden, das geht natürlich nicht.« Mattis schreit:»Wieso? Das ist doch was Schönes! Machst du so was denn nie?«, und da wird es still, und Birgit hebt wieder ihre Augenbraue und sagt:»Doch, aber nicht in der Schule«, und dann beginnt sie einfach mit dem Klatschspiel, das wir schon in der Kita immer machen mussten, wenn wir im Morgenkreis saßen und unruhig waren, und irgendwie sind wohl auch alle erleichtert, dass sie sich jetzt mal 'ne Weile lang auf die Schenkel hauen und»Am-bam-bi!« grölen dürfen wie früher.

HAPPY

In der Aula ist es laut und voll. Unsere Schule ist zwar noch im Aufbau, aber inzwischen sind wir doch schon so was wie fünfhundert Kinder, und dazu noch die Lehrer- und Erzieherinnen und die Schulleiterin und der Hausmeister.

Die Großen haben ein richtiges DJ-Pult auf der Bühne, vermutlich von Tobias Wonnegut, einem Vater, der auch die Musical-AG anleitet und die

Elternband gegründet hat. Er macht total viel für die Schule, aber ich weiß, dass andere Eltern das lächerlich finden, meine zum Beispiel. »Hat er keine Arbeit?«, lästern sie, und es stimmt schon: Er hängt fast täglich in der Schule ab. Aber über die Hartzer im Thälmannpark und die Penner vor *Kaiser's* sollen wir auch nicht lästern, und dann tun sie's selbst im Fall von Tobias Wonnegut. Es läuft *MC Muffin*, was ich ganz gerne mag, jedenfalls lieber als Udo Jürgens. Quer durch den Raum, von der vorderen Eingangstür bis zur Bühne, ist Packpapier auf den Boden geklebt, das soll, glaube ich, der »Catwalk« sein für den Kostümwettbewerb.

Die Siebt- und Achtklässler stehen alle auf der Bühne rum und gucken auf uns runter, spielen Veranstalter, dabei haben sie nicht wirklich was zu tun. Bis auf Yannick vielleicht, der der DJ ist.

Rebekka nimmt das Mikro. Rebekka ist Schulsprecherin. Ich finde sie wahnsinnig cool, sie ist erst Siebte, aber klüger und reifer als alle Achtklässlerinnen zusammen, und sie nimmt an den Schulkonferenzen und Elternversammlungen teil und leitet die Lerngruppensprechersitzungen, daher kenn ich sie. Sie kann reden, ohne einmal »Ähm« zu sagen, total locker, und wenn's Streit gibt, regt sie sich nicht auf, aber klar, muss sie auch nicht, weil ihr ohnehin alle zuhören, wenn sie am Ende sagt, was sie findet, und dann wird's auch meistens genau so gemacht. Manchmal stell ich mir vor, dass wir befreundet sein könnten, aber wie das passieren sollte, weiß ich nicht. Sie ist nicht in der Gruppe, in die ich nächstes Schuljahr komme, sondern bei den *Drosselbarts*. Und vermutlich braucht sie auch keine Freundin, jedenfalls keine, die jünger ist als sie und sie anhimmelt.

»Herzlich willkommen zur großen Faschingsparty der Gebrüder-Grimm-Gemeinschaftsschule! Wir freuen uns, dass ihr so zahlreich erschienen seid –«, okay, das ist jetzt schon ein bisschen affig, was sollen wir denn sonst machen, es herrscht schließlich Schulpflicht, »und wir hoffen, dass ihr euch heute alle bestens amüsiert. Am DJ-Pult: Yannick Hofmeister!« Es wird geklatscht. »Ich selbst habe die Ehre, den Kostümwettbewerb zu moderieren. Alle, die antreten wollen, bitte nach vorne an die Bühne!«

Das ist jetzt die Frage: Will ich antreten? Ich dachte, man macht automatisch mit.

»Geh schon«, sagt Liv und stößt mich in die Seite.

Rebekka hält einem nach dem andern das Mikrofon unter die Nase.

»Und?«, sagt sie, als ich drankomme. »Wer ist *diese* hübsche Lady?«

»Yukon-Girl«, antworte ich – das hat Christoph mir geraten, als ich ihm heute Morgen Tschüss gesagt habe und er wissen wollte, warum ich so frustriert aussehe. Der Yukon ist ein Fluss im Norden Kanadas, und »Yukon-Girl« ist ein Song.

»Bitte was?«, fragt Rebekka.

»Yukon-Girl!«, sage ich noch mal. »Ich bin eine Ureinwohnerin Kanadas.«

»Ahaaa –«, sagt Rebekka gedehnt. »Na dann, bitte! Yukon-Girl!«

Ich gehe den Papierlaufsteg entlang und gucke eher böse, weil ich gelesen habe, dass die Ureinwohner Demütigungen mit Stolz begegnen und die Weißen einschüchtern, indem sie keine Regung zeigen.

Die Weißen sind die Jury, sie stehen auf der Bühne und kabbeln sich und sehen gar nicht richtig hin; was soll's, es ist nichts als ein alberner Schulwettbewerb, kann mir also egal sein.

Ich nehme eine Pose ein am Ende des Laufstegs, wie ich es mal bei einer echten Modenschau gesehen habe, und gucke noch böser. Die Menge klatscht.

»Toll«, sagt Helene, als ich mich wieder zu meinen Freundinnen begebe.

Helene gehört irgendwie auch zu unserer Clique, obwohl ich sie nicht allzu gern mag. Eigentlich ist sie immer nett zu mir, aber ich finde, so ein bisschen berechnend: Als ob sie nur nett zu mir ist, damit ich sie nett finde und umgekehrt auch mal was Nettes zu ihr sage.

Liv sagt überhaupt nichts, und wir gucken noch bei ungefähr hundertzweiunddreißig Clowns und Ninjas und Feen und Meister Yodas zu – und bei Tom, der sich nicht zu blöd ist, den ganzen Weg über den Laufsteg mit dem Hintern zu wackeln und Handküsse zu verteilen. Als ob Mädchen so gehen würden. Mattis haut ihm hinterher auf die Schulter.

»Danke schön!«, ruft Rebekka. »Die Jury zieht sich zur Beratung zurück. Und ich möchte jetzt sehen, wie ihr tanzt und euch amüsiert!« Sie hebt die Arme und macht einen richtig coolen Move; ich wette, sie geht zum Hiphop oder Jazzdance, oder sie kann's einfach so, weil sie alles kann.

Keiner tanzt.

Die Leute stehen in ihren Lerngruppen zusammen und trau'n sich nicht; die Musik wummert und klingt furchtbar, weil es zwar ein echtes DJ-Pult gibt, aber die Lautsprecheranlage in der Aula noch aus dem letzten Jahrhundert stammt.

Ein paar Jungs fangen an hochzuspringen und die Girlanden von der Wand zu reißen und sie sich als zusätzlichen Schmuck um den Hals zu legen, bis die Erzieherinnen kommen und sagen, dass sie damit aufhören sollen.

Mattis behauptet, er kann echten Breakdance, aber als er vormachen soll, ist es nicht mehr als eine Art schiefer Kopfstand, bei der ihm die neonpinke Perücke, die er aufhat, verrutscht. Und die schmeißt er dann auf Freddie, und Freddie schmeißt sie nach vorne auf die Bühne, und so weiter, es ist einfach öde.

Ich hab das Gefühl, dass jeden Moment die Glitzersteine von meiner Stirn abgehen, die Perlen sind inzwischen auch schon alle rausgefallen, und ich muss mal nachsehen, ob ich so überhaupt noch rumlaufen kann.

Auf dem Weg zum Klo überholen mich Mattis und Freddie.

»Hey, Yukon-Girl!«, sagt Mattis und zieht an einem der losen Teile von meinem Kleid.

Ich muss es festhalten, damit es mir nicht nach unten rutscht, Scheiße, Mann, das fehlte noch, dass ich dastehe, und sie sehen meine minikleinen Brüste.

Auf dem Klo mach ich mir die Glitzersteine ab und binde die Haare nach hinten; ist ja jetzt auch egal, die Party ist sowieso schon vorbei. Vorbei, bevor sie richtig angefangen hat.

Als ich rauskomme, sind da schon wieder Mattis und Freddie, aber jetzt seh'n sie irgendwie anders aus, so als hätten sie was angestellt. Fehlt nur noch, dass sie die Hände in die Hosentaschen stecken und unauffällig pfeifen. Das geht aber nicht, Mattis hat beide Hände voll mit den Papierhandtüchern aus dem Klo und versucht, sie mir auf dem Weg zurück in die Aula hinten ins Kleid reinzustopfen, aber ich bin schneller, und er wirft damit nach mir, damit er sie los ist.

In der Aula läuft jetzt *Happy*, mein derzeitiger Lieblingssong.

Ich würde wirklich gerne tanzen und ärger mich, dass ich mich nicht traue, und während ich noch überlege, seh ich Bence, der halb verdeckt von einem Stapel Stühle in einer Ecke tatsächlich tanzt.

Ganz allein steht er da und hat die Augen geschlossen, er macht so komische Bewegungen nur mit den Armen, zackig, ein bisschen wie ein Roboter oder Marsmensch, und dann kommen Schritte dazu, und er dreht sich um sich selbst. Mann, denke ich, der traut sich was. Es sieht total irre aus, aber absolut ernst. Cool, denke ich, und Mist, wenn das außer mir noch jemand sieht.

Und da hat es auch schon Mattis gesehen und fängt an, Bence nachzumachen, aber er kriegt es nicht richtig hin. Bei Mattis sieht es albern aus, und natürlich lachen alle, grölen Mattis Beifall, aber wenn man genau hinschaut, bringt er es wirklich nicht fertig, Bence nachzuäffen, weil er sich gar nicht so bewegen kann wie er.

Ich denke, Hilfe, wie soll Bence da bloß wieder rauskommen. Er hat noch immer die Augen geschlossen, vielleicht lässt er sie besser für immer und ewig zu.

Doch dann öffnet er sie und sieht Mattis, und jetzt erwarten natürlich alle, dass er aufhört und rot wird, aber Bence tut genau das Gegenteil. Er macht einfach weiter, streckt sogar die Arme nach Mattis aus. Jetzt ist Mattis am Zug – entweder er tanzt weiter, oder er gibt zu, dass er gar nicht tanzen kann, sondern immer nur andere verarschen.

Tatsächlich rennt er weg und kreischt, und Bence schließt wieder die Augen und tanzt weiter.

Oh Mann, denke ich, was für ein irrsinnscooler Typ.

ERWARTUNGEN

»Und?«, fragt Annette, als ich die Tür aufschließe. Sie sitzt am Esstisch, mit ihrem Laptop vor sich.

»Hi«, sage ich und schlüpfe aus den Schuhen.

»Wie war's?«

Ich weiß, was sie wissen will, und es macht Spaß, nicht damit rauszurücken. Annette sieht mich an, versucht in meinem Gesicht zu lesen. Das ist aber leider völlig ausdruckslos – ich bin immer noch Yukon-Girl, undurchschaubar für die Weißen.

»Ganz okay«, sage ich und hänge meine Jacke auf.

»Komm, jetzt sag schon. Hast du gewonnen?«

Ich muss grinsen. Leider.

»Bitte sehr«, sage ich und klatsche die Urkunde neben Annettes Rechner, »Siegerin der Stufen vier bis sechs.«

»Wow –« Sie studiert den albernen Zettel. »Herzlichen Glückwunsch!«

»Danke.«

Annettes Mailprogramm piepst, sie ist abgelenkt.

Ich stehe noch ein bisschen da, aber sie liest ihre

Mail, und dann fängt sie an zu tippen, und im Grunde weiß ich ja auch nicht, wie und was ich von dieser langweiligen Party noch erzählen soll.

Ich gehe in mein Zimmer, zieh das Kleid aus und die normalen Sachen an. Jeans und Pulli, langweilig, gewöhnlich.

Ich sitze auf meinem Stuhl in meinem winzigen, langweiligen Zimmer und habe keine Ahnung, was als Nächstes kommen soll. Was gibt's denn, worauf ich mich jetzt freuen kann? Weihnachten vorbei, Silvester vorbei, Fasching vorbei. Und mein Geburtstag ist erst im Oktober. Und da weiß ich auch nicht, wie ich den feiern soll.

Partys sind einfach ein Problem: Erst freut man sich darauf, lebt praktisch darauf zu – und dann sind sie ratzfatz vorbei und meistens nicht so, wie man sie sich vorgestellt hat. Kein bisschen wie in den Filmen, die ich mit Rosalie auf ihrem i-Pad gucke; heimlich natürlich, damit die Kleineren nichts davon mitbekommen, und weil Annette und Katrin finden, dass sie Schund sind.

»Ist euch mal aufgefallen, dass es schon in diesen Mädchenfilmen immer nur darum geht, dass die Heldin unter die Haube kommt?«, hat Annette gefragt, als sie uns beim Glotzen erwischt hat.

»Was'n für 'ne Haube?«

»Dass das Mädchen ihren Prinz abkriegt! Das

Und Christoph hat gelacht, und Annette meinte: »Stimmt doch.«

Ich finde das echt totalen Quatsch. Erstens werde ich nie im Leben Drogen nehmen – weil das gefährlich ist und einfach nur bescheuert –, und zweitens ist es ja nicht so, dass man alles, was Spaß macht, nur *einmal* erleben kann. Und das weiß Annette auch. Sie findet einfach, dass ich für das, was ich mir wünsche, noch zu klein bin. Dass ich gefälligst zufrieden sein soll, wenn's an Silvester Pommes und Würstchen und Knaller und Bleigießen gibt – so wie Tom, der mit den anderen Achtjährigen durchs Haus rennt und es toll findet, dass er so lange aufbleiben darf. Aber ich finde das nun mal nicht mehr toll. Ich will ein aufregenderes Leben haben, ich will nicht ewig warten.

Genau wie mit dem Äußeren: kann ja sein, dass in fünf Jahren meine Beine länger und meine Oberschenkel dünner und mein Busen ein richtiger Busen und meine Haare lang genug für eine Hochsteckfrisur sind. Aber was hab ich bitte schön *jetzt* davon?

»Ich will eine richtige Party!«, hab ich an Silvester geheult. »So wie in *La boum – Die Fete*, den Film fandest du doch auch gut als Kind!«

»Das sind Filme!«, hat Annette gesagt. »Da ist eine irre Szene an die andere geschnitten, und es

33

läuft nicht nur auf den Partys Musik, sondern ständig, oben drüber, hinten dran. Glaub ja nicht, dass das auch nur *irgendwas* mit der Wirklichkeit zu tun hat!«

Ja sicher, ich bin ja nicht dumm. Aber so wie heute der Fasching oder vor zwei Monaten Silvester muss es auch nicht sein, oder? So absolut öde, und wenn kurz was passiert, ist es ganz schnell wieder vorbei.

Paff! – die schöne Rakete; puff – das war's, gute Nacht.

Oh Gott. Ich hab Ophelia ganz vergessen! Heute Morgen hätte ich sie zum ersten Mal füttern sollen – wo hab ich nur Utas Ersatzschlüssel hin?

»Weiß ich doch nicht!«, sagt Annette und fängt trotzdem an, mit mir zu suchen, und Christoph, der inzwischen auch nach Hause gekommen ist, meint: »Nur die Ruhe, so schnell verhungert so ein Viech schon nicht.«

Annette wirft ihm einen finsteren Blick zu.

Ich find's auch fies: nur weil er Katzen nicht leiden kann.

Annette mag Katzen, vor allem aber hat sie Angst, dass ich den Job nicht ordentlich erledige. Weil doch alles, was die Kinder machen, in unserem Haus auf die Eltern zurückfällt – als Leonie im Gemeinschaftsraumklo mal nicht gespült hat, wurde das auf der Versammlung gesagt, und Tina war es furchtbar peinlich, so als hätte sie es selbst vergessen, und ich weiß ja auch nur davon, weil Annette uns das hinterher erzählt hat, um bloß nicht selbst in die Situation zu geraten.

Da ist er, der Schlüssel. Hängt am Schlüsselbrett, genau da, wo er hingehört.

NACHTLEBEN

Ophelia kommt angerannt, als sie mich hört. Sie schnurrt und streicht um meine Beine. Haut mir ihren Kopf gegens Schienbein und schnurrt noch viel lauter, springt dann auf die Arbeitsfläche und schaut mich auffordernd an. Ich scheuch sie runter und mach eine Dose Katzenfutter auf.

Eklig ist das, es stinkt.

Christoph behauptet, es gäbe auch Menschen, die das essen, in der Pfanne gebraten wie Hackfleisch. Ich weiß nicht, ob das stimmt, ich würd's jedenfalls nicht tun.

Ophelia frisst und schmatzt richtig dabei.

Ich spaziere ein bisschen durch Utas Wohnung. Sie ist so ethnomäßig eingerichtet, mit indischen Tüchern und Bambusrollos; Uta trägt auch solche Kleider, Pumphosen und Filzmützen, alles in Weinrot und moosigem Grün. Es riecht nach Räucherstäbchen, und über dem Esstisch hängen zwei afrikanische Masken. Das ist irgendwie witzig, dann erinnert man sich von ganz allein daran, dass man nicht so gierig sein soll beim Essen: »In Afrika hungern die Kinder!«

Aber Uta war wirklich schon in Afrika und in vielen andern Ländern auch, weil sie irgendwas mit Entwicklungshilfe macht. Sie hat die Masken nicht bei *Guru* oder auf dem Weihnachtsmarkt gekauft, sondern mitgebracht von da, woher sie stammen.

Sie hat auch einen riesigen Fernseher, Flachbildschirm. Zwei Regalbretter voller DVDs. Einen richtig flauschigen Teppich und eine doppelt breite Couch, auf der mehrere Kissen und zusammengefaltete Wolldecken liegen. Hier könnte man sich's wirklich gemütlich machen.

Ich geh ins Bad, um nach dem Katzenklo zu schauen. Uta hat gesagt, man kann das Streu einfach im Klo runterspülen. Ich fische mit der Schippe die Klumpen raus. Eklig, aber okay, es geht ziemlich schnell.

Annette sagt, man soll überhaupt nichts ins Klo schütten. Und es sei ein Trugschluss zu glauben, was man wegspült, sei weg. Sie hat Christoph angemotzt, als der den vergorenen Linseneintopf ins Klo gekippt hat.

»Aber reinscheißen darf ich noch«, hat Christoph erwidert.

Ich versteh's auch nicht – was ist an Linsen schlimmer als an Kacke?

»Es geht ums Bewusstsein«, hat Annette gesagt, »irgendwer muss das schließlich wieder rausfiltern.«

»Ja«, hat Christoph gesagt, »das Klärwerk.«

Annette hat nichts mehr gesagt, aber immer noch gedacht, sie ist im Recht. Ich weiß das, sie war einfach nur still. »Du musst nicht immer das letzte Wort haben«, sagt sie dann bei nächster Gelegenheit zu mir.

Ich stelle mir vor, ich würde hier wohnen. Ist ja gleich nebenan; wenn Uta auszieht, könnte ich hier einziehen. Und nur rübergehen zu den andern, wenn's mir passt. Das wäre toll. Ist aber nicht drin, wegen Geld. Und wegen Familienleben wahrscheinlich auch nicht.

»Das geht alles rasend schnell«, hat Annette neulich zu ihrer Freundin Barbara gesagt – sie haben über Kinder geredet, Kinder, die das Haus verlassen. Barbara hat eine Tochter, die jetzt für ein Jahr nach Amerika geht, und weil Barbara mit ihr allein ist, ist sie dann ganz und gar allein. Ich weiß nicht. Gleichzeitig wollen sie, dass man ihnen nach acht nicht mehr unter die Augen tritt. Hier könnte ich ein richtiges Nachtleben führen. So lange fernsehen, bis mir von selbst die Augen zufallen. Mit Ophelia kuscheln statt mit leblosen Stofftieren, für die ich längst zu alt bin. Oder nicht? Darf man sich mit elf noch was aus Kuscheltieren machen?

Ich höre schon wieder Annette, die sich beschwert, dass ich mir zu viele Gedanken mache. »Ist doch egal, was man *darf*, entweder, du magst deine Kuscheltiere, oder du magst sie nicht.« Weiß ich aber eben nicht. Alles in allem wär mir ein echtes Tier lieber.

Überhaupt irgendetwas Echtes.

Eine richtige, aufregende Party. Eine Arbeit, die mir was bedeutet, nicht nur so komische Projekte, die sogar den Lehrern, die sie vorschlagen, egal sind. Eine richtige Schule, mit Prüfungen und allem. Ein Leben, wo man nicht ständig aufpassen muss, was für andere gut oder schlecht ist, sondern in dem man sich auf das konzentrieren kann, was einem selbst Spaß macht.

Ich weiß nicht mal genau, was das ist.

SPASS

»Scherz, Unterhaltung, Vergnügen«. Hervorgegangen aus lateinisch *expassare*: »ausbreiten, auseinanderspannen«. Kapier ich nicht.

Ich liege in meinem Bett, das höchstens halb so groß ist wie Utas Couchgarnitur, und frage mich, ob's am Ausbreiten liegt. Dass ich mich nicht ausbreiten kann, auseinanderspannen. Von hier bis nach – wohin?

Nirgendwohin, aber zu voller Größe.

In meinem winzigen Kinderzimmer kann ich das nicht. In der Schule auch nicht: Da muss man ständig aufpassen, dass man bloß nicht zu viel Raum einnimmt.

Es wäre schön, im Wald zu leben, in einer Hütte. Weit und breit nur Bäume – und dazwischen wohne ich.

Ich will auf meinem Pferd über die endlose Steppe galoppieren.

Ich will im Meer baden und mich von den Wellen an den Strand tragen lassen. Ich will in einem Kanu den Fluss hinunterfahren, ewig weit, hinter jeder Biegung eine neue Überraschung! Ich will Yukon-Girl sein …

Ich versteh nicht, warum Leute nicht erwachsen werden wollen. Pippi Langstrumpf zum Beispiel oder Peter Pan – die tun alles dafür, um möglichst lange Kind zu bleiben. Okay: Peter Pan kann fliegen. Und Pippi wohnt ganz allein in einer Villa ...
Ich jedenfalls, ich will endlich groß sein. Erwachsen, ausgebreitet, aufgespannt. Ich will, dass sich irgendwas verändert.

NEUE REGELN

In der Schule macht Birgit ein Gesicht, als sei ihr Lieblingshamster gestorben. (Das hab ich irgendwo gelesen, und ich finde, es passt.)

»Nachdem gestern alles noch so lustig war, habe ich heute leider ziemlich schlechte Nachrichten für euch.«

Jemand hat die Klos neben der Aula ruiniert. Also: die Kloschüsseln mit Papiertüchern verstopft.

Ich sehe Birgit an, aber ich seh sie nicht mehr, sondern Mattis und Freddie, gestern im Flur vor der Aula, Mattis mit der verrutschten, pinken Perücke, die Hände voller Papierhandtücher.

Quatsch, denke ich, aber während Birgit weiter ihre Rede hält, läuft mir ein Schauder über den Rücken. Ich spüre zwischen meinen Schulterblättern, wie Mattis versucht hat, mir die Tücher hinten ins Kleid reinzustopfen –

Die Papiertücher liegen immer in großen Packen auf dem Vorsprung über den Waschbecken, weil die Handtuchspender auch schon von irgendwem zerstört worden sind. Ziemlich viel ist schon kaputt, aber die Stadt hat kein Geld, was zu ersetzen. Und bei uns, dachten sie, sei das auch nicht nötig, weil wir alle richtig nette Kinder aus richtig netten Familien sind, die auf ihre Sachen und die der anderen achten. Die es nicht nötig haben, aus Frust was kaputt zu machen. Vor denen man Packen mit Papiertüchern nicht in Sicherheit bringen muss. Und stattdessen sind wir wohl doch genauso wie alle andern, obwohl wir richtig große Freiheiten genießen, aber offensichtlich mit der Freiheit, die wir haben, nicht umgehen können.

So in etwa lautet Birgits Rede, jedenfalls hat die Direktorin beschlossen, dass ab sofort die Freiheit, die wir haben, eingeschränkt werden soll. Damit wir mal sehen, wie das ist, oder weil wir uns nicht entsprechend des Vertrauens, das uns entgegengebracht wird, verhalten. Zumindest einige von uns.

»Es hat sich einfach zu viel angehäuft in letzter Zeit«, sagt Birgit. »Und immer wieder in den Klos, wie kann das sein, dass da ständig was zerstört wird?«

Es stimmt schon, erst die Handtuchspender, dann gab's jemand, der die Klodeckel abgerissen hat – was eigentlich nicht weiter stört, die standen ohnehin immer offen, weil keiner sie anfassen mag –, und in eine der Kabinentrennwände hat jemand ein riesengroßes Loch reingebohrt. Wobei es heißt, dass das vielleicht auch wer von außerhalb war, irgendein Perverser, der Kindern beim Pinkeln zuschauen will.

Aber die vielen Penisse, die überall an den Wänden sind, die haben Schüler hingekritzelt, so albern sind erwachsene Perverse nicht. Und damit soll jetzt Schluss sein, ein für alle Mal.

»Und deshalb dürft ihr ab sofort nicht mehr alleine raus, nicht in der i.A.-Zeit und auch sonst nicht während des Unterrichts.«

Die i.A.-Zeit ist die individuelle Arbeitszeit, wo jeder allein oder mit Partner an seinen Plänen weitermacht. Die i.A.-Zeit kann man, wenn's einem zu laut ist, auch im Flur verbringen, unter der

Treppe oder sonst wo, mit einem Montessori-Teppich. Von nun an also nicht mehr, was echt übel ist, denn im Lerngruppenraum ist es *immer* zu laut.

»Und was, wenn ich aufs Klo muss?«, fragt Mattis oberschlau.

»Da gibt es ab sofort Listen, in die man sich einträgt«, erklärt Birgit, »und wenn dann was kaputt ist, kann man anhand dieser Listen herauskriegen, wer das war.« Du liebes bisschen, das klingt wie im Gefängnis.

Und wie im Gefängnis klingt auch, dass zur Hofpause alle runter auf den Hof müssen, egal, ob sie wollen oder nicht.

»Es gibt einfach nicht mehr genügend Vertrauen«, sagt Birgit, »dass ihr, wenn ihr allein seid, euch so benehmt, wie ihr es sollt.«

Blanka hebt die Hand.

»Ja bitte?«

»Ich finde das gar nicht okay. Ich war das nämlich nicht und ich will nicht auf den Hof.«

Ich bin ganz froh, dass Blanka das gesagt hat. Ich hätte es nicht gesagt, hätte zuerst noch ein bisschen drüber nachdenken müssen. Aber natürlich ist es genau das, was einem sofort in den Sinn kommt.

»Tja«, sagt Birgit. »Du warst das vielleicht nicht.

Aber solange nicht raus ist, wer das war, kann man es eben nicht wissen. So lange gelten jetzt leider neue Regeln.«

Und danach verbietet sie jede weitere Diskussion, weil das nicht ihre Idee war, sondern die von der Schulleitung, und das Kollegium hat es so beschlossen.

Die i.A.-Zeit beginnt.

Ich kann mich nicht gut konzentrieren. Zwar ist es deutlich ruhiger als sonst, aber ich muss die ganze Zeit daran denken, dass ich weiß, wer es war.

Weiß ich es?

Ja, ich bin mir sicher.

Ich guck zu Mattis rüber, der auf seinem Stuhl hin und her gautscht.

Er grinst, aber ich seh ihm an, dass es alles andere als schön ist, so eine Rede zu hören, und wenn's rauskommt, ist alles zu spät. Dann fliegt er garantiert von der Schule, die Direktorin hat offenbar endgültig die Schnauze voll. Birgit hat gesagt, es sei ein Schaden von dreitausend Euro entstanden.

Wie kann man nur so blöd sein, denke ich, aber auf der anderen Seite tut mir Mattis leid. Weil ich mir vorstelle, *ich* wär das gewesen, nur so aus

Quatsch und weil die Party mich nervt. Ich fand sie ja auch total langweilig.

Jetzt meldet er sich und sagt, er muss aufs Klo. Typisch, er kann's einfach nicht lassen. Muss gleich mal ausprobieren, wie das wohl geht mit diesen Listen. Ob's die überhaupt schon gibt. Tatsächlich hat Birgit einen Vordruck dabei. So circa fünf zusammengetackerte Blätter, in die Mattis jetzt seinen Namen und die Uhrzeit schreiben soll. Und auch die Zeit, wenn er wieder zurückkommt.

So pseudo cool schlendert er raus. Vielleicht denkt er, wenn er gleich aufs Klo geht, wirkt er weniger verdächtig. Gerade weil er sich nicht duckt und immer weitermacht wie gewohnt.

Vielleicht braucht er aber auch einen Ort, um sich in Ruhe zu überlegen, wie er aus dem Schlamassel wieder rauskommt. So würd es mir an seiner Stelle gehen. Ob ich ihn melden soll? Birgit hat gesagt, wer irgendwas weiß, muss es sagen. In dem Fall sei das auch kein Petzen, sondern im Gegenteil: verantwortliches Verhalten der Gemeinschaft gegenüber. Weil schließlich alle in Mitleidenschaft gezogen sind.

»Mitleidenschaft«.

Ich weiß nicht, aber es kommt mir komisch vor. Wie Erpressung, weil die Mitleidenschaft doch überhaupt erst durch die neuen Regeln entstanden ist. Ist die Schule gegen kaputte Klos nicht versichert? Muss die Direktorin die dreitausend Euro selbst bezahlen?

Vielleicht war ja auch Freddie der Anstifter. Aber das glaub ich nicht, das passt nicht zu ihm. Freddie ist Mattis' treuer Diener, er hat eher Angst und wirklich niemals 'ne Idee. Nicht, dass ich die Idee mit den Handtüchern besonders gut fände, trotzdem muss man auch da erst mal draufkommen.

Oh Mann, ich wünschte, ich hätte nichts gesehen.

Ich vergess es einfach. Es muss mich ja nichts angeh'n. Keiner weiß was, ich leider auch nicht. Ich hab mit der ganzen Sache wirklich nichts zu tun.

DATENSCHUTZ

In der Frühstückspause geht es natürlich nur um die neuen Regeln.

Birgit ist weg, weil wir gleich Kunst haben, und Jolanda und Helene sind zu mir und Liv an den

Tisch gekommen. Blanka hat *m&m's* dabei und verteilt sie großzügig – und alle regen sich so richtig schön auf.

»Was, wenn ich Durchfall habe?«, sagt Jolanda. »Und es nicht schaffe, mich einzutragen, weil ich dazu viel zu dringend muss?«

Helene kichert.

»Is' doch so!«, sagt Jolanda. »Dann mach ich mir doch in die Hose!«

Annette sagt, wir sollen nicht »Is' so« sagen – weil das nur ein hilfloser Versuch sei, die eigene Ansicht als die einzig Wahre hinzustellen. Wir sollen sagen »Find ich halt« oder »Meine Meinung, steh ich zu«. Es ist mühsam, immer die Stimme der eigenen Mutter im Kopf mit sich herumzutragen, und ich werd mich hüten, Jolanda zu korrigieren.

»Ich geh nicht runter auf den Hof«, sagt Blanka, »ich tu's einfach nicht. Kann mich keiner dazu zwingen, schon gar nicht heute, bei dem Wetter.«

Sie zieht ihre Strickjacke zusammen und verschränkt die Arme, so als stünde sie schon draußen bei circa minus zwanzig Grad. Blanka tut immer so zimperlich. Und weil sie nicht besonders beliebt ist und normalerweise kaum jemand mit ihr redet, muss sie jetzt die Gelegenheit nutzen, dass es ein gemeinsames Thema gibt. Muss *m&m's* verteilen und extra übertreiben, furchtbar dramatisch tun.

»Das waren doch Jungen!«, sagt Liv. »Das war im Jungenklo, da geh ich doch nicht rein!«

Ich guck zu Mattis rüber, der Freddie und Theo irgendwas auf seinem Handy zeigt. Ich mag ihn nicht, ja – aber soll ich ihn deshalb verpfeifen?

Jolanda nickt. »Immer müssen wir ausbaden, was die angestellt haben. Ich will auf 'ne Mädchenschule.«

»Ich geh auch nicht runter«, sagt Helene, »und in die Liste trag ich mich nicht ein. Das ist gegen den Datenschutz, dass jeder weiß, wann ich auf Klo war.«

»Was denkst *du* denn?«, sagt Liv zu mir. »Warum sagst du nichts?«

Weil ich das Ganze vergessen will. Was aber nicht geht, wenn um einen herum alles darüber schnattert und sich aufregt.

»Ich denke«, sage ich, »es gibt Schlimmeres. So 'ne Liste ist mir doch egal, und an anderen Schulen darf man auch nicht einfach raus. Oder *muss* auf den Hof. Ist ja auch nicht schlecht, so zwischendurch mal frische Luft.«

Liv sieht mich skeptisch an, und auch die andern wundern sich natürlich. Dass ausgerechnet *ich* so rede, wo ich sonst die Lehrer immer kritisiere.

»Und was ist mit deiner ›persönlichen Freiheit‹?«, fragt Jolanda.

Die hab ich neulich erwähnt, als Birgit mir befehlen wollte, den Platz mit Martha zu tauschen. Persönliche Freiheit, gewachsene Strukturen, Freundschaftsbeziehungen, all so ein Kram. Weil ich natürlich neben Liv sitzen bleiben wollte, weiter nichts! Doch ich kann so reden, kann die Erwachsenen nachmachen. Nur: Im Fall mit den Klo-Listen kommt mir das albern vor.

Datenschutz! Ist doch egal, ob jemand weiß, wann ich auf Klo war.

»Schon doof«, sage ich, »klar. Aber *so* schlimm find ich's nun auch wieder nicht.«

UNKONTROLLIERBAR

Ich fühl mich komisch, als die Kunststunde losgeht. Fremd irgendwie, einsam und allein. Übergelaufen in die Welt der Erwachsenen, Frau Erna Majewski, die Stimme der Vernunft. Ich wollte gar nicht so reden, aber wie die anderen sich aufgeregt haben, find ich auch ein bisschen peinlich.

Je kindischer man reagiert, umso mehr denken die Lehrer und Erzieher, dass sie ja offensichtlich recht haben und wir eine Horde ahnungsloser, unkontrollierbarer Idioten sind. Außerdem *kann* ich mich nicht darüber aufregen – weil ich dann erzählen muss, dass ich weiß, wer es war.

So eine Erwachsenenversteherin will ich aber auch nicht sein, die den Schülern ständig die Sicht der Lehrer und der Schulleitung erklärt. Man gilt sofort als Streber, selbst wenn man zehnmal darauf hinweist, dass man's ja nicht *gut* findet, was sie sagen oder machen, dass man's einfach nur *versteht*.

In Kunst sollen wir uns mit Partnern zusammentun und Porträts voneinander zeichnen. Und prompt krieg ich die Rechnung dafür, dass ich mich nicht mit den anderen empört habe, und Liv fragt Jolanda, ob sie's mit ihr zusammen macht.

Blanka schnappt sich Helene, und ich bleibe am Ende als Einzige übrig und muss Donata, die Lehrerin, zeichnen.

Was aber eigentlich ganz cool ist, dann zeichnet Donata nämlich auch mich. Und sie kann's natürlich tausendmal besser als Liv oder Jolanda. Auf Donatas Bild erkennt man mich richtig, und sie zeigt mir außerdem noch eine Menge neuer Tricks: wie man mit dem Bleistift Maß nimmt, und dass die Augen eigentlich eher in der Mitte sitzen als oben. Ich versinke total in der Aufgabe und vergesse alles um mich herum. Das macht richtig großen Spaß, aber am Ende der Stunde gibt's dann doch wieder Zoff, weil Mattis behauptet, er sehe auf dem Bild, das Freddie von ihm gemalt hat, aus wie ein Mongo. Und er werde nicht zulassen, dass so etwas öffentlich aufgehängt wird.

Donata sagt, Mongo sei ein menschenverachtendes Wort, das in ihrer Gegenwart nicht verwendet werden darf, und Mattis sagt: »Da hast du's, wie würdest du dich erst fühlen, wenn jemand dich als Mongo *zeichnet*!«, und sie sagt: »Einmal noch, Mattis, dann fliegst du hochkant hier raus.«

Was natürlich Quatsch ist, denn die Stunde ist ja ohnehin schon zu Ende, und wir müssen rüber, in die Turnhalle, zu Sport.

Mattis nimmt also das Bild und sagt mit tiefer Stimme: »Ich werde es vernichten«, und dann verschwindet er einfach und ein paar andere mit ihm.

Der Rest wartet unschlüssig, was Donata jetzt wohl tun wird, aber Donata seufzt nur und schüttelt den Kopf.

»Okay, dann. Danke für die Teilnahme!«

Sie packt ihre Sachen und verschwindet auch,

und das macht mich wirklich wahnsinnig: dass Mattis mit seinem Verhalten einfach so durchkommt, dass sie ihm nicht hinterherrennt und ihn packt oder sonst was unternimmt.

Was genau, weiß ich natürlich auch nicht. Irgendwas, damit er aufhört, so blöd zu sein und sich so aufzuspielen. Stattdessen ist Donata einfach nur froh, dass er weg ist, aber unsereins muss ihn die ganze Zeit ertragen, nicht nur einmal in der Woche eine Stunde lang in Kunst.

Und natürlich fällt mir dann ein, dass *ich* ja jetzt endlich was gegen ihn in der Hand hätte. Ich könnte ihn verpetzen, und dann fliegt er, und wir sind ihn los. Aber das will ich ja nicht, ich bin keine Verräterin.

Und schon denke ich wieder über nichts anderes mehr nach.

MITLEIDENSCHAFT

»Gemeinsames Leiden, Mitgefühl«. Ab dem 19. Jahrhundert nur noch in der Redewendung »in Mitleidenschaft ziehen« gebraucht, und das heißt:

»etwas mit anderem zugleich beeinträchtigen, beschädigen«.

Komisch, nicht? Wie sich das entwickelt hat.

Früher war Mitleidenschaft etwas, das man selbst gefühlt hat, vielleicht sogar freiwillig, weil man einfach mitfühlt beim Leid eines andern. Heute ist Mitleidenschaft was, das einem passiert, weil ein anderer Mist baut – oder die Lehrer finden, man soll gefälligst was fühlen. Als Erziehungsmaßnahme.

Und das freiwillige Mitgefühl, das ja eigentlich was Gutes ist, dieses »geteilte Leid« aus dem Sprichwort »Geteiltes Leid ist halbes Leid, geteilte Freude ist doppelte Freude«, das gibt's offensichtlich nicht mehr. Ganz zu schweigen von »Mit-Leidenschaft«, also: geteilter Leidenschaft. Fürs Porträtzeichnen zum Beispiel.

ZUCKER UND WEISSMEHL

Am Nachmittag auf dem Heimweg treffe ich Rosalie. Ihre Oma geht neben ihr und quatscht fröhlich auf sie ein. Rosalie kickt mit der Schuhspitze in die Ritzen zwischen den Gehwegplatten. Sie darf nicht alleine von der Schule nach Hause gehen, weil Katrin und Tillmann so viel Angst vor Perversen haben. Sie holen Rosalie immer mit dem Auto ab, aber die Oma hat kein Auto, also fährt sie mit der Straßenbahn raus zu Rosalies Schule und mit ihr und den Klassenkameraden wieder zurück.

Das ist Kontrolle, von wegen persönlicher Freiheit – dagegen ist das mit den Klo-Listen ein Klacks.

»Hi«, sage ich, und die Oma strahlt mich an.

»Erna! Dich hab ich ja schon ewig nicht mehr gesehen.«

Rosalie stöhnt, dabei kann sie doch froh sein, dass die Oma jetzt mich statt sie zum Vollquatschen hat. Geteiltes Leid ist halbes Leid!

»Willst du nicht mal wieder zu uns zum Spielen kommen?«

»Spielen«! Denkt sie denn, wir wären fünf?

»Ach, das ist schwierig«, sage ich betont lässig, »so zwischen Schule und Job … Unter der Woche ist es wirklich reichlich eng bei mir, und dann noch der Haushalt und mittwochs zum Pilates …«

Jetzt grinst Rosalie, ich hab sie aufgeheitert. Mich auch.

Die Oma stutzt und sieht mich zweifelnd an,

doch dann nickt sie und sagt:»Ihr Kinder habt ganz schön viel Verantwortung. Was ist das denn für ein Job?«

»Ich versorge die Tiere von abwesenden Nachbarn und hin und wieder bin ich als Beraterin gefragt.«

Das hab ich mal belauscht, wie Tina das zu Christoph gesagt hat. Hoffentlich fragt die Oma jetzt nicht, was genau ich denn berate, darunter kann ich mir nämlich überhaupt nichts vorstellen.

»Aber was soll's«, sage ich schnell,»ein kleiner Kaffee wird schon drin sein.« So, jetzt hab ich wirklich mein ganzes Pulver verschossen. Inzwischen sind wir aber auch beim Haus.

Gut, dass wir die Oma dabeihaben, dann können wir den Fahrstuhl nehmen. Kinder sollen bei uns ja nicht mit dem Fahrstuhl fahren – zum einen, falls er kaputtgeht, damit wir dann nicht hilflos darin eingesperrt sind, zum andern, weil es gesund ist, zu Fuß zu gehen, und umweltfreundlich auch. Was natürlich alles Quatsch ist, unsereins kann genauso gut den Notrufknopf drücken wie ein Erwachsener, und die Umwelt schützen und Energie sparen und Sport treiben können sie auch. Aber dazu sind sie angeblich meistens zu müde und vor allem nicht von klein auf dran gewöhnt. Weshalb sie *uns* jetzt unbedingt daran gewöhnen wollen – damit wir es später mal besser haben und die Ressourcen bis dahin noch reichen.

»Musst du nicht rasch Bescheid sagen, dass du bei uns oben bist?«, fragt die Oma, und ich sage: »Nö, Annette fürchtet sich nicht.« »Vor Perversen« könnte ich noch zufügen, aber wer weiß, wie die Oma darauf reagiert.

Ich überlege, was noch mal genau »pervers« bedeutet – ich hab Annette im Ohr, dass es nicht unbedingt was mit Sex zu tun hat. Aber ich stell mir immer einen Typen vor, groß und dick und mit dummem Gesicht, komischerweise in einem karierten, flauschigen Flanellhemd und mit einer Baseballmütze auf dem riesigen Kopf, wie er bei uns im Schulklo sitzt und durch das Loch guckt, das er sich gebohrt hat. Oder er fragt die Kinder, die allein von der Schule nach Hause gehen, ob er ihnen beim Spätkauf ein Eis spendieren darf … Brrr, wie eklig! Und echt unwahrscheinlich, dass irgendwer jemals darauf reinfallen soll.

Ich setz mich an den Esstisch und schau zu, wie die Oma Tee kocht und eine Packung Kekse aus dem Schrank nimmt. Sie füllt sie in eine silberne Schale um, und die Teegläser stellt sie auf kleine runde Untersetzer. Richtig schick ist das, wie immer hier in der Wohnung, und Rosalie liegt halb auf der Tischplatte und sagt nichts, ebenfalls wie immer.

»Lasst's euch schmecken!«, sagt die Oma. »Das sind die letzten, also, greif zu!« Ich seh Rosalie an, die zwei auf einmal in den Mund steckt.

»Ab morgen gibt's hier nichts mehr Süßes«, nuschelt sie und spuckt Krümel über den Tisch, »wir machen *Sieben Wochen Ohne.*«

»Was macht ihr?«

»Es ist Fastenzeit!« Die Oma nimmt vorsichtig einen Keks zwischen zwei Finger.

»Morgen ist Aschermittwoch, und nach christlicher Tradition wird dann sieben Wochen lang gefastet.«

Jetzt erinner ich mich wieder: Das gab es letztes Jahr bei ihnen auch. Dass Rosalie keine Süßigkeiten mehr essen sollte, was sie aber trotzdem getan hat, heimlich in ihrem Zimmer, bei mir unten oder in der Schule.

»Will Katrin, dass du abnimmst?« Es gibt doch niemand Dünneres als Rosalie.

»Nicht *abnehmen*«, erwidert die Oma. »Es geht ums Bewusstsein! Es geht uns doch allen viel zu gut. Da hilft es, wenn man sich zumindest zur Fastenzeit mal wieder ein bisschen besinnt.«

»Mama will auf Zucker und Weißmehl verzichten. Weil das ungesund ist. Und sie trinken nichts mehr, Papa auch.«

»Gar nichts?!«

Die Oma lacht. »Keinen Alkohol, nicht gar nichts.«

Oh Gott, wie peinlich. Hätte ich mir denken können. Sofort frage ich mich, ob sie süchtig sind, Katrin und Tillmann.

»Papa schafft's eh nicht«, sagt Rosalie, »der trinkt heimlich.« Also ja.

»Nein, Rosie«, sagt die Oma, »das ist nicht wahr. Dein Papa hat letztes Jahr vorbildlich durchgehalten.«

Sie rührt in ihrem Tee und lächelt mich an.

»Es tut gut, die ausgetretenen Pfade zu verlassen«, sagt sie. »Schlechte Gewohnheiten mal ernsthaft zu hinterfragen.«

Ob sie denkt, das hätte ich nötig? Das täte mir auch mal ganz gut?

Ich wär gern dünner, sicher. Vor allem, wenn ich hier neben Rosalie sitze – oder im Schwimmbad bei einem Oberschenkelvergleich. Aber angeblich hat dieses Fasten ja nichts mit Abnehmen zu tun.

»Ich faste ab morgen richtig«, sagt die Oma. »Zur Entschlackung. Das tut gut, wenn der Körper all die Gifte loswird!«

Auch sie ist total dünn. Alle drei sind so: Rosalie, Katrin und die Oma. Groß und dünn und blauäugig und blond – na ja, die Oma vermutlich gefärbt. Komisch eigentlich, dass sie sich so ähnlich sehen, Katrin und die Oma. Ist sie nicht die Mutter von Tillmann?

Ich helfe Rosalie, die letzten Kekse zu vernichten. Sie schmecken super, sind von *Butter Lindner*. Außerdem hab ich Angst, dass, wenn ich keine nehme, doch noch die Sprache auf mich kommt: Wie's denn bei mir zu Hause so läuft mit Zucker und Weißmehl, ob bei uns nie die gewohnten Pfade verlassen werden.

Rosalie schlägt vor, in ihr Zimmer zu gehen und zu glotzen. Ich will nicht, ich will lieber reden, aber ich weiß nicht genau, was und wie. Seit wir nicht mehr auf dieselbe Schule gehen, ist es schwierig, ein gemeinsames Thema zu finden. Wir waren auch früher in unterschiedlichen Lerngruppen, weil Katrin und Annette nicht wollten, dass wir von den Lehrern verglichen werden – was albern ist, denn wer uns am meisten vergleicht, sind sie selbst.

Alle hier im Haus vergleichen ihre Kinder, zumindest die Kinder, die gleichaltrig sind. Und auch die Erwachsenen, die keine Kinder haben, sind im Grunde mit nichts anderem beschäftigt, als uns Kinder zu beurteilen: welches brav ist und immer schön die Treppe nimmt, welches so hübsch ist, dass man's glatt als Model buchen könnte, welches einen eher schwierigen Charakter hat und ob das an den Eltern liegt. Welches süß ist, welches wild ist, welches schlau ist, welches spinnt. Welches man mit Blumengießen und Katzefüttern beauftragen kann, welches besser mal sieben Wochen lang auf Weißmehl und Zucker verzichtet, weil es sonst zu dick wird, und das muss doch echt nicht sein.

»Sag mal – hat Katrin nicht gesagt, du sollst nicht magersüchtig werden?«

»Keine Ahnung, kann schon sein.«

»Dann ist das doch komisch, oder? Mit dem Fasten?«

»Ja klar ist das komisch.« Sie hört nicht richtig zu.

»Annette findet auch, dass Christoph zu viel trinkt.«

Jetzt sieht Rosalie mich an – mit dem gelangweiltesten Blick der Welt. »Er kann sich ja mit meinen Eltern zusammentun.«

Ich muss lachen.

Die Vorstellung, dass Christoph sich mit Katrin und Tillmann zur Alkoholentwöhnung zusammenschließt, ist wirklich komisch; sie sagen sich ja kaum noch Guten Tag.

Wir schauen *Sandra* auf *Youtube*. Sandra ist in Wahrheit ein Typ, der so ein verblödetes Mädchen spielt, das in der Schule nichts kapiert und immer nur an Jungs und an sein Aussehen denkt. Es ist witzig, aber überhaupt nicht wie bei uns in der Schule. Wäre bei uns jemand wie Sandra, würde er keinen Ärger mit den Lehrern kriegen, sondern einen Paten aus der Lerngruppe, der ihm hilft. Die Doofen sind bei uns nicht die Doofen, sondern die, die nicht ertragen, dass die Doofen alles verderben. Darüber kann man sich aber nicht beschweren, das ist dann nämlich hartherzig und gemein.

So, wie wenn man sich über jüngere Geschwister beschwert oder über die Kleinen hier im Haus. Immer soll man Rücksicht nehmen, Verständnis haben, Kompromisse machen. Baumhausbauen mit Dreijährigen!

Ich find's nicht schlimm, wenn man zu Mia oder Leonie sagt: »Weg da, das darfst du noch nicht, das ist meine Sache.« Löcher bohren mit dem Akkubohrer oder Feuer machen oder wo richtig Hohes draufsteigen. Müssen sie halt zuschauen, so lange, bis sie größer sind. Aber die

Eltern können's nicht ertragen, wenn sie hören, dass jemand das zu ihren Lieblingen sagt. Dabei sagen sie's andauernd selbst. Oder sagen es nicht, aber handeln so. Tun alles Wichtige und Gefährliche und Interessante heimlich, auf der Arbeit oder nach acht.

»Nehmt doch Rücksicht«, ermahnen sie uns, was so viel heißt wie: »Macht nur Sachen, bei denen die Kleineren mitmachen können.«

Also haben Rosalie und ich das Baumhaus aufgegeben, das gehört inzwischen den Kleinen. Die aber nicht reingehen, wenn von uns Großen niemand mehr drin ist.

Es ist echt total bescheuert, das Baumhaus steht jetzt einfach leer.

Als ich Rosalie vorgeschlagen hab, dass wir zum Plenum gehen und das mit dem Baumhaus besprechen, wollte sie aber nicht. Rosalie glaubt nicht, dass die Eltern noch was lernen können. Ich langsam auch nicht mehr.

Ich wüsste gerne, was Rosalie zu den neuen Regeln zu sagen hätte, zu den Klo-Listen und dass wir jetzt immer alle runtermüssen auf den Hof. Ob sie fände, dass ich Mattis deswegen verpetzen soll. Rosalie hat nämlich oft ganz eigene Ansichten. Meistens ist sie dafür, alles genau andersrum zu machen, als die Erwachsenen es von einem erwarten. Bestimmt hat sie in ihrem Zimmer längst wieder ein Geheimversteck mit Keksen und Bonbons für die *Sieben Wochen Ohne*. Das könnte ich nicht, meine Eltern einfach zu belügen. Aber Rosalie kann. Und zwar nicht aus Trotz und dann mit Heulen und Versöhnung hinterher, sondern monatelang, ohne dass es je aufgeklärt wird.

Sie klickt sich durch die *Sandra*-Spots. Dann guckt sie nach, ob sie neue Mails hat.

»Guck mal hier«, sagt sie, »Penisvergrößerung.«

»Echt jetzt?«

»Warum schicken die mir das? Wissen die nicht, dass ich 'n Mädchen bin?«

»Vielleicht denken sie, du kannst es deinem Freund weitersagen!«

Sie überlegt. Ich will wissen, ob sie jetzt an jemand Bestimmtes denkt. Also: nicht wegen »Penisgröße«, sondern wegen »Freund«. Ob es da jemanden gibt, der ihr sofort in den Sinn kommt –

»Wie steht's mit Jovan?«, frage ich. Das ist einer aus ihrer Klasse, von dem sie mal erzählt hat.

»Der ist nicht mehr da.«

»Und wieso nicht?«

»Ist weg nach dem Halbjahr, Probezeit vergeigt.«

»Ach echt? Hatte der auch so 'ne Art von Bewährung? Weil er rastet oder Mist baut oder Eigentum zerstört hat?«

»Nee. Weil er kein Mathe kann. Und Sprachen aber leider auch nicht.«

Sie ist schon wieder bei Youtube. Besonders großes Mitleid scheint sie mit diesem Jovan nicht zu haben.

»Hättest du ihm denn nicht *helfen* können? Ihn mal öfter hierher zur Nachhilfe einladen?«

»Ja genau. Und dich gleich dazu, dann könnten wir auch noch die Penisvergrößerung probieren.«

Sie hat tatsächlich »Penisvergrößerung« bei *Google* eingetippt. Und jetzt ist ihr i-Pad voll mit Bildern von den allerekligsten Penissen.

»Haben Katrin und Tillmann dir keine Kindersicherung eingebaut?«

»Doch natürlich. Aber ich hab sie wieder abgestellt, ich weiß nämlich, wo sie ihre Passwörter hinschreiben.«

FASTEN

Unten in meinem Zimmer schlage ich »fasten« im dicken fetten Wörterbuch nach. Es ist verwandt mit »fest, festhalten, beobachten«. Später wurde diese Bedeutung verengt auf das Einhalten des Fastengebots, was dann ja eigentlich doppelt gemoppelt ist: festhalten am Festhalten.

Dann schlag ich noch »Penis« nach – nur der Vollständigkeit halber. Es kommt von lateinisch *penis*, und das heißt einfach »Schwanz«.

»Rosalies Familie macht *Sieben Wochen Ohne*«, verkünde ich beim Abendessen. Gutes Thema, weil: Dann muss ich nicht von der Schule erzählen.

Es gibt Eier in Senfsoße. Jeder kriegt zwei Eier, aber alle wollen mehr. Zu viel Ei ist ungesund, sagt Annette, aber sie will auch mehr.

»Warum machen *wir* denn nicht *Sieben Wochen Ohne*?«, frage ich, und Annette sagt: »Mach doch.«

»Nee, wir alle«, sage ich. »Die ganze Familie.«

Christoph sagt nichts. Er sagt bei solchen Gesprächen meistens nichts. Gleichzeitig ist er aber der Einzige in unserer Familie, der in der Kirche ist, insofern könnte er ruhig mal was zum Fasten sagen. Er sitzt da und scheint an was ganz anderes zu denken, vielleicht hat er mich noch nicht mal gehört.

»Rosalies Oma sagt, sie wollen ihre Gewohnheiten ernsthaft hinterfragen. Die gewohnten Pfade verlassen. Das soll man in der Fastenzeit.«

Oh Gott, ich könnte *zehn* von diesen Eiern essen. Und die Senfsoße pur aus dem Topf löffeln, die ist echt wahnsinnig lecker.

»Kann ich aufstehen?«, fragt Tom. Er kann und geht zur Süßigkeitenschublade.

»Rosalie macht sieben Wochen ohne Süßigkeiten«, rufe ich ihm hinterher.

»Echt?« Tom kaut seine Gummibärchen.

»Täte dir auch mal ganz gut«, sage ich.

»Wieso?!« Tom tut entrüstet.

»Du weißt genau, wieso. Du hast dir vorhin mit Oskar 'ne Riesen-Packung Schokokekse gekauft.«

Tom grinst und wirft Annette und Christoph einen Blick zu.

»Das muss echt mal aufhören«, sagt Christoph.

»Okay«, sagt Tom, wie immer, wenn er ermahnt wird. Immer sagt er mit ganz braver, piepsiger Stimme »Okay!«, aber er meint's kein bisschen so. Obwohl – in dem Moment vielleicht schon, aber fünf Minuten später hat er's vergessen. Und immer, *immer* kommt er damit durch.

»Wie war's heute in der Schule?«, fragt Annette.

Es klappt nicht, sie abzulenken, sie will es jeden Abend wissen.

»Wir haben neue Regeln«, ruft Tom vom Sofa. »Wir dürfen nicht mehr aufs Klo.« Ich will nicht, dass er davon erzählt. Ich will die Soße auslöffeln und wenn, dann übers Fasten reden.

»Was sagst *du* denn zum Fasten?«, frage ich Christoph direkt. Er sieht mich an.

»Also, wenn du's genau wissen willst: Ich finde Katrin und Tillmann ziemlich dämlich. Geld wie Heu, und dann künstlich auf irgendwas verzichten. ›Ausgetretene Pfade verlassen‹, dass ich nicht lache. Deren Pfade sind so breit, das ist überhaupt kein Problem, sich da mal so'n bisschen in die Büsche zu schlagen. Am besten auf Bali, ja?, schönes Wellness-Resort mit Ayurveda. Lifestyle, alles Lifestyle! Mit Glauben hat das überhaupt nichts zu tun. Letztes Jahr kam Tillmann runter und hat mich um ein Bier angeschnorrt. Und gemeint, na ja, das passt schon, die *Sieben Wochen Ohne* gelten nur zu Hause.«

Annette nickt. »Und was ist das für 'ne Regel, dass ihr nicht mehr aufs Klo gehen sollt?«

Ich verdrehe die Augen. »Natürlich dürfen wir aufs Klo! Wir müssen uns nur vorher in 'ne Liste eintragen. Damit man weiß, wer wann auf welchem Klo war.«

Christoph lacht.

»Findest du das witzig?«, fragt Annette.

»Nein, sorry. Find ich nicht.« Er steht auf und fängt an abzuräumen.

Annette bleibt sitzen. »Ist denn schon wieder was kaputtgemacht worden?« Ich nicke.

Ich steh auch auf und hole mir Süßigkeiten. Der Pfad vom Abendbrottisch zur Süßigkeitenschublade ist wirklich ziemlich breit.

Dann geh ich zu Uta, um Ophelia zu füttern.

KOMPLIMENTE

Uta hat auch eine *ABBA*-CD im Regal. Ich leg sie ein und dreh die Lautstärke auf, während ich Ophelia ihr Fressen gebe.

Agneta ist immer noch nicht von diesem Typen losgekommen. Mamma mia! Sie sollte es wirklich mal mit *Sieben Wochen Ohne* versuchen!

Ich singe mit, und Ophelia hat fertig gefressen und sieht mich skeptisch an.

»Just one look and I can hear a bell ring«, singe ich und will Ophelia hochnehmen und mit ihr tanzen, aber sie ist nicht wie Agneta, sie weiß genau, dass sie das nicht will, und flüchtet sich schnell hinters Sofa.

Ich mache die Musik leiser und locke Ophelia

wieder hervor, und sie verzeiht mir auch sofort und lässt sich von mir den Bauch kraulen. Wir liegen zusammen auf Utas flauschigem Teppich.

»My my«, flüstere ich ihr ins Ohr, »how can I resist you?« Sie schnurrt und rammt mir ihren Kopf gegens Kinn.

»Helene hat angerufen«, sagt Annette, als ich zurück in unsere Wohnung komme. Meine Güte, was will *die* denn? Ich hab ihre Nummer gar nicht, muss auf der Liste in Annettes Rechner nachsehen. Das nervt Annette, weil sie selbst gerade dransitzt.

»Schreib dir doch die Nummern deiner Freundinnen raus!«

»Helene ist nicht meine Freundin.« Jedenfalls nicht so wie Liv oder Jolanda.

Ich druck mir die Adressliste aus, dann wähle ich Helenes Nummer.

Ihre Mutter ist dran und sagt mit genauso süßlicher Stimme wie Helene, wenn sie in der Schule mein Outfit lobt: »Ach, Erna, schön, dass du zurückrufst. Ich hol sie dir rasch, warte bitte einen Moment!«

Ich geh mit dem Telefon hinüber in mein Zimmer.

»Also«, sagt Helene, »meine Eltern meinen

auch, dass wir uns wehren müssen. Und weil du doch gewählte Lerngruppensprecherin bist, musst in diesem Fall du für uns sprechen. Wenn *du* das machst, ist es in Ordnung, du bist das Bindeglied zwischen Lehrern und Schülern, sagt mein Vater.«

»Und was sagt er, was ich sagen soll?«

»Weiß ich nicht. Dass es nicht okay ist mit den Listen und dem Hof.«

»Das haben wir doch schon gesagt. Du weißt doch, was Birgit geantwortet hat. Dass sie darüber nicht weiter diskutiert!«

»Ja, schon, aber das war vor allen andern. Und das war, bevor wir drüber geredet haben. Und so schnell konnten wir uns ja nicht wehren.«

»Dann red doch selbst noch mal mit ihr.«

»Meine Eltern sagen, du bist die Lerngruppensprecherin. Du bist dafür gewählt, und du kannst das auch am besten.«

»Okay –«

Es klingt wie ein Kompliment, aber ich hab das dumpfe Gefühl, dass es keines ist. Also: keines ohne Hintergedanken.

»Na gut«, sage ich, »alles klar.«

»Ja dann bis morgen in der Schule!«

Sie legt auf. Und geht jetzt vermutlich zufrieden in ihr Bett. Zufrieden, weil sie sich so gut gekümmert und das Problem von der Backe hat – das hab jetzt nämlich ich.

Das hatte ich auch vorher schon, aber das weiß sie nicht.

Wenn sie's wüsste, wäre sie bestimmt dafür, Mattis sofort zu verpetzen, oder ihre Eltern würden's tun.

Ich weiß nicht, warum ich das denke, aber ich hab nun mal das Gefühl. Ich hab das Gefühl, dass ich sie allesamt nicht leiden kann.

»Erna?«, ruft Annette. »Wie wär's jetzt mal mit Bett?« Ja ja, ich komm schon.

Ich stell das Telefon zurück auf die Station. Es macht so ein albernes Geräusch, »diedeldidd!« – es kommt mir vor, als ob es mich auslacht.

Ja, diedeldidd, du hast leicht reden, Telefon! Du musst nicht morgen zu Birgit gehen und dir etwas ausdenken, was du sagen sollst »im Namen deiner Lerngruppe«!

Ach, egal, ich werd halt irgendwas erzählen. Und dann den anderen berichten, dass es nichts bringt, dass ich alles, was in meiner Macht steht, getan habe – auch wenn das gelogen ist.

SELBSTOPTIMIERUNG

Am nächsten Morgen in der i.A.-Zeit kommt Birgit zu uns an den Tisch und fragt, ob ich kurz Zeit für ein Gespräch habe.

Ach du liebes bisschen, so schnell wollte ich das gar nicht! Es ist noch nicht mal neun. Ich wollte in der Mittagspause beim Essen zu ihr gehen, das mach ich sonst auch, wenn es irgendwas Organisatorisches zu besprechen gibt, denn da reden sowieso alle miteinander, und es ist nicht so offiziell und geheimnisvoll.

Jetzt hat sie mich ja gefragt, ob ich Zeit habe, und theoretisch könnte ich antworten: »Nein, Birgit, ich muss hier noch was zu Ende machen, gedulde dich doch bitte noch ein bisschen bis zur Pause«, aber das kann ich natürlich nicht sagen. Sie ist die Lehrerin, ich bin die Schülerin. Zwar reden sie an unserer Schule mit uns wie mit Kollegen, aber die Gleichberechtigung ist nur vorgetäuscht. Birgit wartet dementsprechend auch keine Antwort ab, sondern geht schon voraus in den Teilungsraum.

Der Teilungsraum ist ein schmales Zimmer hinter dem Lerngruppenraum, in dem auch ein paar Schultische und ein kleines Sofa stehen. Man kann ihn benutzen, um die Gruppe räumlich zu teilen, deshalb heißt er »Teilungsraum«.

Alle gucken, wie ich Birgit dorthin folge.

»Also, Erna«, sagt sie, nachdem sie die Tür hinter mir zugemacht und sich an den Tisch gesetzt hat, »ich wollte mal mit dir besprechen, was wir gemeinsam dafür tun können, dass du wieder mehr Spaß am Lernen hast.«

Ach so, okay. Darum geht es! Sie will über *mich* sprechen, nicht über die Regeln. Ich brauch einen Moment, um umzuschalten – aber richtig, das wollte sie tun.

Im Halbjahresgespräch vor vier Wochen hat sie Annette und Christoph mit ihren Kitatantenaugen angeschaut und gesagt, dass ich ja wirklich klug und fleißig, aber leider auch sehr schnell genervt und offenbar nicht besonders glücklich sei in der Schule.

»Mhm«, haben Annette und Christoph gemacht und weiter nichts zu antworten gewusst; mir war es schrecklich peinlich, aber mir sind diese Halbjahresgespräche ja immer peinlich, und ich weiß wirklich nicht, wozu sie gut sind.

»Mhm«, mache ich jetzt – ganz im Stile meiner Eltern.

»Vielleicht erklärst du mir erst mal, was genau

dir hier den Spaß verdirbt.« Birgit hat die Hände auf der Tischplatte gefaltet. Sie sieht mich aufmunternd an, sie hat sich wirklich vorgenommen, eine Lösung zu finden – auch im Sinne des Protokolls, das wir nach dem Halbjahresgespräch gemeinsam unterschrieben haben und in dem bei »Arbeitsziel« steht: »mehr Freude am Lernen«.

Christoph ist danach richtig wütend geworden. »Diese neoliberale Selbstoptimierungsscheiße!«, hat er gerufen. »Jetzt sollst du auch noch permanent grinsen beim Wurzelziehen oder was?«

Ich hab gelacht, obwohl ich nicht genau wusste, was er mit »Selbstoptimierung« meinte. Blöderweise hab ich dann auch vergessen, es nachzuschlagen, sonst könnte ich's vielleicht jetzt für Birgit wiederholen. Ganz ruhig natürlich, nicht so aufgebracht wie Christoph.

»Was ich beobachte«, sagt Birgit, »ist, dass du die Aufgaben immer sehr schnell erledigst. Du gibst dir selbst nicht die Chance, dich mal richtig in eine Sache zu vertiefen, sondern bist vor allem bestrebt, die Dinge abzuhaken.«

»Ja stimmt«, sage ich, »ist doch Arbeit.«

Birgit lacht. »Da hast du recht. Aber du wirst hier ja nicht dafür bezahlt, dass du Akkord arbeitest, oder?«

Ich weiß nicht, was »Akkord« bedeutet, aber

stimmt natürlich: Ich werde nicht bezahlt. Ich nicke.

»Also«, sagt Birgit, »ich denke, du brauchst eine Aufgabe, für die du dich begeistern kannst. Etwas, worauf du Lust hast, was dir Spaß macht, was dir liegt.« Sie sieht mich an.

»Und was soll das sein?«, frage ich.

»Darüber will ich mich doch mit dir beraten! Was interessiert dich denn?«

Das schon wieder. Das hat sie mich schon mehrmals gefragt, auch beim Halbjahresgespräch, und ich weiß darauf keine Antwort. Ich hab kein so spezielles Interessensgebiet wie, sag ich mal, Lasse, der Bruder von Leonie, der über uns wohnt und sich praktisch ununterbrochen in seiner *Lego-Chima*-Welt befindet, in der irgendwelche löwenähnlichen Krieger gegen krokodilähnliche Krieger mit hochtechnischen Waffen und Panzerfahrzeugen kämpfen. Ich interessier mich für alles Mögliche, oder auch nicht, keine Ahnung.

»Ich mach ganz gern die Sachen, die im Lehrplan stehen.«

»Ja, ich weiß«, sagt Birgit, »und du bist ja auch ganz weit vorne, aber ich meine jetzt, wofür du wirklich *brennst*, was du tun würdest, wenn niemand dir eine Vorgabe macht. Etwas über das Pflichtprogramm hinaus!«

Mir ist klar, dass sie es gut meint. Es ist ja auch riesig nett von ihr, dass sie mir erlauben will, mich im Unterricht mit irgendeinem verrückten Hobby zu beschäftigen. Wenn ich Lasse wäre, dürfte ich jetzt mein *Lego* mitbringen und es hier im Teilungsraum aufbauen und während der i.A.-Zeit kämpfen und merkwürdige Geräusche von mir geben, nur um hinterher bessere Laune zu haben. Aber ich bin nicht Lasse. Ich weiß nicht, was ich mitbringen soll, und deshalb ist dieses Gespräch leider sinnlos.

Ich starre auf die Tischplatte. Ich könnte anfangen zu heulen, so blöd komm ich mir vor. Dass ich keine Interessen habe, nichts vorzuschlagen.

Ich zucke mit den Achseln. »Hast *du* nicht vielleicht 'ne Idee?«

Birgit lächelt, aber unter ihrem Lächeln ist sie enttäuscht. Sie wollte mir ein richtig tolles Angebot machen, und ich nehme es einfach nicht wahr. Verstockte, undankbare Erna!

»Also gut«, sagt sie. »Ich denk darüber nach. Und du denkst auch noch mal drüber nach. Ja? Vielleicht finden wir was.«

Sie steht auf.

Ich kann nicht aufstehen, ich bin total platt. Ich hab wahnsinnig schlechte Laune, aber das darf ich nicht zeigen, das war ja der Ausgangspunkt des Gesprächs.

Birgit macht die Tür zum Lerngruppenraum auf und geht mit einem »Pscht!« und dem Finger an den Lippen zwischen den Tischen durch zu ihrem Pult.

Ich raffe mich auf und latsche hinter ihr her, und alle gucken und wollen natürlich wissen, was los war. Aber es sind zum Glück noch zwanzig Minuten Stillarbeit.

In denen ich mich jetzt kein bisschen mehr konzentrieren kann, sondern darüber nachgrübeln muss, warum es nichts gibt, wofür ich *brenne* …

In der Frühstückspause kommen Jolanda und Helene sofort an Livs und meinen Tisch, um zu erfahren, was Birgit und ich besprochen haben.

Ich könnte lügen und so tun, als hätte ich mit Birgit über die neuen Regeln diskutiert – dann wäre zumindest Helene zufrieden, und ich müsste nachher in der Mittagspause nicht noch mal zu Birgit hin und Helenes Auftrag erfüllen.

Außerdem müsste ich dann nicht erzählen, was wirklich geredet wurde. Das will ich nämlich nicht. Ich gelte, wie gesagt, sowieso schon als Streberin. Und dann noch so ein Extraangebot von Birgit! Dabei will ich das wirklich nicht haben –

nicht nur, weil ich nicht weiß, wie ich es nutzen soll, sondern auch, weil ich es unfair finde. Ich schäme mich, vor Liv vor allem. Die ist maximal Durchschnitt, was die Erfüllung der Pläne betrifft, also eigentlich: hinteres Drittel. Ihre Mutter sagt dauernd Sachen wie: »Schneid dir mal 'ne Scheibe von Ernas Lerneifer ab!«, und dann lacht sie, aber lustig meint sie's nicht. Dabei wüsste Liv im Gegensatz zu mir sofort, was sie machen würde: Fußballspielen. Na ja, das geht nicht, im Teilungsraum alleine, obwohl – mit dem Ball jonglieren, ihn nicht auf den Boden kommen lassen, das könnte sie dort trainieren. Darf sie aber nicht, sie wird ja nicht gefragt.

»Ich weiß nicht«, sage ich, »das bringt alles nichts. Auch nicht zu zweit, ich meine: unter vier Augen.«

Ich sehe Helene an und hebe entschuldigend die Hände. Ist ja auch gar nicht mal *so* sehr gelogen –

»Aber hast du ihr das mit dem Datenschutz gesagt?« Helene sieht mich misstrauisch an.

Ich beiße erst mal in mein Brot und kaue lange.

»Na ja«, sage ich, als ich runtergeschluckt habe, »es ging jetzt nicht nur darum, sondern auch um mich persönlich.«

»Wie jetzt?«

Mist. Jetzt hab ich mich verheddert.

»Um mich persönlich! Klar? Und das ist *auch* Datenschutz, wie du weißt.« Ich beiße wieder in mein Brot.

Helene ist eingeschnappt und geht zurück an ihren Platz. Liv und Jolanda werfen sich Blicke zu, aber ich tu so, als ob ich's nicht bemerke. Und zum Glück fällt am Nachbartisch Vincent die Trinkflasche um, und Jolanda muss hin und ihr Deutschheft retten und ihn anbrüllen, und Birgit beendet die Frühstückspause früher, als sie offiziell zu Ende ist, und sagt, dass wir das Essen wegpacken und die Flaschen doch bitte nicht offen rumstehen lassen sollen.

Und dann geht es weiter mit Mathe.

DETEKTIVARBEIT

In der Hofpause hat Helene sich was überlegt.

Wir sind alle unten – müssen wir ja jetzt – und scharren mit den Füßen im Streusplitt, haben die Hände in den Taschen vergraben, weil es wirklich ziemlich kalt ist.

»Also«, sagt Helene, »wenn es nichts nützt,

dass die Lerngruppensprecherin sich in unserem Namen beschwert, müssen wir eben alle dafür sorgen, dass die neuen Regeln zurückgenommen werden.«

»Und wie soll das gehen?« Jolanda versucht, auf einem Bein zu stehen, kracht immer wieder um, nimmt schließlich die Hände aus den Taschen und hängt sich an Liv.

»Wir kriegen raus, wer es war!« Helene ist sich ihrer Sache sicher. Liv steht jetzt auch auf einem Bein, sie kann es ziemlich gut.

»Ja toll«, sage ich. »Und wie soll *das* gehen?«

»Ermittlungsarbeit. So wie im Krimi!«

»Und wenn du's dann weißt, willst du hingehen und petzen?« Ich mustere Helene, sie meint es wirklich ernst.

»Ja klar«, sagt sie, »das ist doch kein Petzen, hat Birgit doch gesagt!«

»Ich weiß nicht.« Ich weiß es wohl: Ich finde, dass es Petzen ist.

»Du musst ja nicht mitmachen.«

Super. Sie sind immer noch *meine* Freundinnen, Liv und Jolanda! Na ja, vielleicht nicht, denn sie sind von der Idee total begeistert. Quatschen jetzt über die *Drei Fragezeichen*, nein, die *Drei Ausrufezeichen* – das ist so ein Mädchen-Detektivinnen-Klub, über den es auch jede Menge Bücher gibt.

Und sicher, ja, das passt schon: Ohne mich sind sie zu dritt. Ich will mich aber nicht ausschließen lassen, also sage ich:»Okay. Und wie willst du ermitteln?«

»Wir müssen Verdächtige haben und die dann beschatten. Irgendwann verrät sich der Täter von selbst.«

»Hier gibt's fünfhundert Kinder.« Ich kann nicht anders, ich find's wirklich doof. Wir sehen uns auf dem Hof um. Fünfhundert sind's nicht, weil nicht alle gleichzeitig Hofpause haben. Aber hundert sind's bestimmt.

»Den Kreis der Verdächtigen kann man eingrenzen«, sagt Helene zuversichtlich.

»Erst mal haben wir gesagt, dass es ein Junge war. Und wahrscheinlich einer aus unserem Aufgang. Wieso sollten die *Bärenhäuter* oder *Drosselbarts* so weit weg aufs Klo gehen?«

»Weil Fasching war und alle in der Aula versammelt?« Tja, tut mir leid.

Helene überlegt einen Moment, dann sagt sie: »Kann schon sein. Aber wir fangen mit denen aus unserm Aufgang an.«

Die meisten Jungen aus unserer Lerngruppe sind beim Fußballspielen auf dem Sportplatz. Nur Bence sitzt mit seinem Freund von den *Rapunzeln* auf einer Bank und spielt Karten.

»Bence war's ganz sicher nicht«, sage ich.

»Ach«, sagt Helene, »und warum nicht? Nur weil er nicht auffällt, heißt das nicht, dass er kein kriminelles Potenzial hat.«

Jolanda und Liv mustern Bence, als sei schon entschieden, dass er mehr als nur verdächtig ist.

»Man weiß halt auch fast nichts über ihn«, sagt Jolanda.

»Genau«, sage ich, »und Ausländer ist er auch.« Die andern merken gar nicht, dass das ironisch gemeint war.

»Er ist doch gar kein Ausländer«, sagt Liv, »nur seine Eltern sind aus Ungarn.«

»Ja eben!«, sage ich.

»Aber du hast doch gerade gesagt, dass –«

»Egal«, sage ich.

»Egal«, sagt auch Helene, »wir müssen *alle* Jungs im Auge behalten. Sie ein bisschen aushorchen, uns unter sie mischen, okay?«

»Kein Problem!«, sagt Liv und ist schon unterwegs zum Fußballplatz.

Und Helene schlendert tatsächlich zu Bence rüber und setzt sich zu ihm und seinem Freund auf die Bank.

»Ich bin gespannt, wie sie ihn anquatscht«, flüstert Jolanda.

»Ich nicht«, sage ich.

»Und wir?«, fragt Jolanda. »Wen beschatten wir?«

»Wir verfolgen die Jungen, die aufs Klo gehen. Sind ja vielleicht Wiederholungstäter!«

Jolanda kichert. »Und was sagen wir, was wir wollen?«

»Keine Ahnung. Zuschauen! – Genau. Wir setzen uns ins Jungenklo und bohren uns ein Guckloch in die Wand wie die Perversen.«

Jolanda haut nach mir und lacht noch mehr, und dann kabbeln wir uns ein bisschen und gucken, wer stärker von uns ist. Das macht Spaß, sie ist nämlich *ziemlich* stark, und ich auch.

In der Musikstunde dann schreibt Liv einen Zettel. *Und?*, steht darauf, sonst nichts.

Sie wirft ihn zu Helene rüber. Wir gucken zu, wie sie ihn auffaltet; sie macht eine Grimasse in unsere Richtung, dann schreibt sie was und wirft den Zettel zurück. Ich bin jetzt doch gespannt, das muss ich zugeben.

Nichts, steht darauf, *sie haben Star-Wars-Quartett gespielt.*

»Wow«, flüstere ich, »gefährlich!«

Die Musik-Susanne sagt, dass wir aufhören sollen mit Zettelchenschreiben. Und Liv hat beim Fußballspielen natürlich auch nichts rausgefunden.

»War alles wie immer«, flüstert sie mir zu und macht Zeichen der Ratlosigkeit in Richtung Helene und Jolanda.

Susanne guckt streng und schüttelt den Kopf, und ich denke, wenn das so weitergeht mit dem Ermitteln, dann ist das wohl alles halb so wild. Dann hat es sich ziemlich schnell erledigt.

DISKRIMINIERUNG

In der letzten Stunde am Nachmittag sind Angebote. Die kann man am Anfang vom Halbjahr wählen – Freizeit eigentlich, aber eben in Kursen. Mittwochs hab ich Werken und ich baue mit Ina aus den *Allerleirauhs* ein Puppenhaus aus einer Weinkiste. Keine Ahnung, wer am Ende damit spielen soll, aber es macht Spaß, alles in klein herzustellen, Tische und Stühle aus Sperrholz, winzige Kleiderbügel aus Draht…

In den Angeboten trifft man Leute aus verschiedenen Lerngruppen. Weil man sich ja nach Interessen sortieren soll, wobei auch da oft welche dabei sind, die eigentlich gar keine Lust haben auf das, was angeboten wird. Ich weiß nicht, warum sie's dann gewählt haben – vielleicht haben sie einfach auf *gar* nichts Lust.

Aber bei Werken ist das nicht so schlimm, da kann man ja auch arbeiten, während andere nur rumsitzen oder Quatsch machen; bei Theater und Chor ist es schlimmer.

Liv hat mittwochs – richtig geraten: Fußball. Und Jolanda hat Musical, das wollte ich eigentlich auch, aber da mussten sie losen, weil so viele das wollten, vor allem Mädchen aus der Fünften bis Achten. Sie proben für eine richtige Aufführung, und Tobias Wonnegut, der die AG leitet, schreibt selbst dafür die Lieder.

Ich treffe Jolanda und Liv und Helene also erst wieder nach Schulschluss, und wir machen uns gemeinsam auf den Heimweg.

»Ich weiß nicht recht, wie ich's dir sagen soll«, sagt Jolanda, als wir vorne an der Kreuzung an der Ampel stehen.

»Was denn?« Ich sehe von Jolanda zu Liv zu Helene – Helene macht ein Gesicht, als sei ihr Hamster gestorben. Sie hat wirklich einen Hamster, diesmal passt dieser Spruch ganz genau.

»Sag schon«, sage ich, »tu nicht so blöd.«

»Ich weiß es wirklich nicht«, behauptet Jolanda.

Es wird grün und wir überqueren die Straße.

Liv muss hier abbiegen, und sie tut es auch sofort – keine Ahnung, ob sie schon weiß, worum es geht, oder es nicht wissen will oder wirklich so schnell wegmuss. Helene weiß es sicher, sonst würde sie nicht so blöd gucken.

»Es ist hart«, sagt Jolanda, »es wird dir nicht gefallen.« Ich stöhne und starre sie mit Yukon-Girl-Augen an.

»Mach dir keine Sorgen«, sage ich, »ich kann alles ertragen. Ich hab schon 'ne Menge Wasser den Fluss hinunterfließen sehn.«

Jetzt ist Jolanda irritiert, aber sie fängt sich sofort wieder.

»Also«, sagt sie. »Jana hat bei Musical erzählt, dass es ziemlich knapp war mit der Entscheidung.«

»Welcher Entscheidung?«

»Na: der Entscheidung für das beste Kostüm.«

Jana ist ja Achtklässlerin und war in der Jury. Bei Musical ist sie schon das dritte Mal hintereinander; keine Ahnung, wie sie's schafft, immer gelost zu werden.

»Fantasie, klar«, erzählt Jolanda weiter, »und weil du das Kostüm ja ganz allein geschneidert hast.«

»Das hat Jana gesagt?«

Jolanda nickt. »Weil's bei Musical auch um Kostüme ging und wer die macht.«

»Und was ist daran schlimm?«

»Na ja – schlimm ist, warum die andern dagegen waren, dass du gewinnst.«

Ich seufze. Jetzt muss ich sie natürlich fragen, warum. Weil es »zu hart« ist, rückt Jolanda nicht damit raus, weiß aber, dass ich's jetzt unbedingt wissen will.

»Also sag schon.«

Ich gucke zu Helene – die sagt nichts, ist aber riesig gespannt, wie ich wohl reagiere.

»Ich finde das ja nicht«, behauptet Jolanda.

»Sag jetzt!«

»Also – sie waren dagegen, weil du nicht so gut aussahst in dem Kostüm. Jemand anderem hätte es besser gestanden. Jemandem, der sich so kurze Kleider leisten kann.«

Oha.

Helene guckt jetzt, als sei nicht nur ihr Hamster, sondern auch ihre Mama oder ihr Papa gestorben. Und ich – ich könnte kotzen, so eine Wut hab ich auf einmal.

»Das war wohl 'ne ziemlich lange Diskussion«, erläutert Jolanda, »und Rebekka hat sich schließlich durchgesetzt: weil es ja nicht geht, dass Leute diskriminiert werden.«

»Diskriminiert?«

»Na ja – wegen der Figur.«

Danke. Danke Rebekka, danke Jolanda. Danke Helene, danke ganze Welt. Ich weiß nicht, was ich sagen soll, ich muss irgendwie Haltung bewahren.

HALTUNG

»Körperhaltung, Pose, innere Einstellung, Beherrschtheit«.

Ich bin froh, dass ich zu Hause bin, in meinem Zimmer, bei meinem Wörterbuch.

»Haltung« kommt von mittelhochdeutsch *haltunge*, und das heißt auch »Gewahrsam, Verwahrung«. Käfighaltung, fällt mir ein, Bodenhaltung bei Hühnern. Und tatsächlich bedeutet Gewahrsam »Schutz, Obhut, Haft«.

Na gut.

Ich bleibe von nun an immer in meinem Zimmer und erzähle niemandem, was in mir vorgeht. Zu meinem Schutz und meinem Besten bleibe ich in mir selbst und habe alle Türen nach außen fest verriegelt.

Keiner sieht, wie ich in mir tobe und wüte und

mit dem Fuß gegen das Klo trete, das in Gefängniszellen sowieso aus Metall ist und so fest mit der Wand verschraubt, dass man sich eher den Fuß bricht, als dass es auch nur das kleinste bisschen kaputtgeht.

Ich bin in Sicherheit, keiner weiß, was mich bewegt, ich sehe niemanden an, oder wenn, dann mit einem Lächeln. Ich bin meine eigene Wärterin, und wenn ich Jolanda oder Helene oder Rebekka oder Jana jemals wieder treffe, dann in einem Besucherraum, wo ich mich auskenne und sie sich nicht. Wo ich lächelnd sagen werde: »Danke, mir geht's gut, hier drinnen ist es warm und sicher.«

Bin ich wirklich so dick?

Nein, bin ich nicht, aber offensichtlich dick genug, als dass andere darüber reden. Egal, wie rum, alle wussten, was gemeint war.

Ich seh an mir hinunter, und ja: meine Oberschenkel sind gewiss nicht wie die von Liv oder Rosalie. Ich bin klein und dick, und das Einzige, was mir übrig bleibt, ist abzunehmen.

Aber wie?

Ich esse wirklich gerne.

Jeden Nachmittag will ich Kekse essen. Und Kuchen. Schokokuchen mit Sahne!

Schlagsahne könnte ich auch pur essen, die ist

so weich im Mund und so leicht und gleichzeitig so lecker.

Mein absolutes Leibgericht ist frisches Brot mit knuspriger Kruste und Thunfischsalat. Davon kann ich ungefähr zehn Scheiben essen, essen, bis mir schlecht wird. Angeblich kann man sich so seine Leibgerichte abgewöhnen: indem man sich an ihnen überisst. Bei mir hat das bislang aber noch nicht funktioniert; sobald mir nicht mehr schlecht ist, will ich noch ein Brot mit Thunfischsalat. Oder Erdnussbutter. Oder Nutella.

Vielleicht war mir noch nie so *richtig* schlecht, jedenfalls nicht so, dass ich mich übergeben musste. Vielleicht wär's dann anders.

Rosalie sagt, wer isst und dann kotzt, ist magersüchtig, und dass ihre Mutter sie davor gewarnt hat.

»Werd bloß nicht magersüchtig«, hat Katrin zu Rosalie gesagt, aber das kommt mir merkwürdig vor, schließlich ist Magersucht doch eine Krankheit.

»Werd bloß nicht krank«, sagt Christoph auch manchmal zu uns Kindern, weil er dann nicht arbeiten kann, aber es ist klar, dass das nur ein Witz ist, vielleicht noch eine Art Beschwörung, an die er selbst nicht richtig glaubt. Vielleicht glaubt Katrin auch an solche Beschwörungen.

Mir wird schlecht von dem Wort »Leibgericht«. »Leib« klingt irgendwie eklig. Leibgericht ist sowieso altmodisch, heutzutage heißt es Lieblingsessen.

Das etymologische Wörterbuch ist übrigens auch irrsinnig dick. Tausendsechshundertsiebenundsechzig Seiten, und ich hab es trotzdem gern – Ich versuche herauszufinden, warum »Leib« eklig klingt.

»Menschlicher, tierischer Körper, Unterleib, Bauch, Magen«. Wegen Unterleib vielleicht? Leib und Liebling sind nicht verwandt, dafür Leib und Leben. Leibhaftig. Beleibt. Eklig, nicht?

Ich gewöhn mir meine Lieblingsessen ab, indem ich sie Leibspeisen nenne und mich deshalb ab sofort vor ihnen ekle.

SÜCHTIG

Abends hab ich zurzeit ja sowieso immer schlechte Laune, aber heute Abend ist sie so schlimm, ich weiß echt nicht, wohin mit mir.

Ich hab so schlechte Laune, dass ich nichts und

niemanden aushalten kann, am allerwenigsten Tom, der mit der Zahnbürste im Mund durch die Wohnung spaziert und laut und falsch *Stolen* von *Y-Titty* singt, »Stolen Notherwhere«, singt er, dabei heißt es »Stolen Underware«.

»Bleib im Bad«, sage ich, und Annette sagt: »Halt den Mund, hier erziehe ich.« Tut sie aber nicht.

»Ich will, dass er aufhört zu singen!«

»Geh in dein Zimmer, wenn's dir hier zu viel ist.«

Ich will aber nicht in mein Zimmer. Ich roll mich auf dem Sofa zusammen.

»Platz da«, sagt Tom und setzt sich neben mich. Jeden Abend kriegt dieser Knirps noch vorgelesen und denkt deshalb, das Sofa gehört ihm. Ich zieh die Knie zwei Zentimeter an.

»Setz dich richtig hin«, sagt Annette, »und hör auf, so blöd zu sein.«

Ich setz mich hin und trete Tom aus Versehen; nicht richtig, aber er schreit trotzdem auf.

»Tschüss«, sagt Annette und gibt mir einen Knuff. Schubst mich regelrecht, *ich* könnte heulen, das hat wirklich wehgetan.

Ich geh in mein Zimmer und schmeiß mich auf mein Bett. Ich weiß nicht, was ich machen soll, alles ist scheiße. Es stinkt, ja ehrlich, es stinkt, und es gibt nicht genug Luft. Das Fenster kann ich aber nicht aufmachen, weil ich dazu erst das Zeug wegräumen müsste, das davor liegt. Kippen kann man unsere Fenster nicht, diese Scheißfenster. Ich fange an zu heulen. Ich will sterben, ich fühl mich so hundsmiserabel. Ich will weg sein aus diesem Leben oder zumindest, dass jemand kommt und mich tröstet.

Aber was soll ich sagen? Wenn ich lange und laut genug heule, kommt Annette nämlich schon irgendwann noch zu mir rein und fragt mit mühsam unterdrücktem Ärger, was denn um Himmels willen los sei mit mir. Aber wenn ich ihr erzähle, was Jolanda zu mir gesagt hat, dann lacht sie nur und meint, dass ich das doch bitte nicht so ernst nehmen soll.

»Diese Achtklässler sind einfach bescheuert«, wird sie sagen. »Die haben zu viele Castingshows gesehen!«

Ich weiß das, klar, doch es hilft alles nichts. Es *ist* wichtig, wie man aussieht! Dass man sich das, was man anzieht, auch leisten kann –

Aber Annette findet nichts dümmer als *Germany's Next Topmodel*. Außerdem sagt sie, dass Kinder keine Diät halten sollen. Und Christoph wird mir auch nicht helfen, der sagt ja, dass Fasten »Lifestyle« ist. Und wenn ich ihnen sage, dass ich aber süchtig bin nach Essen und allein nicht davon loskomme, finden sie, dass ich mich nur aufspielen will. Und keine Ahnung habe, was Süchtigsein bedeutet. Aber ich weiß zum Beispiel, dass Annette findet, dass Christoph zu viel trinkt. Ich hab gehört, wie sie darüber gestritten haben. Ich bin nachts aufgewacht, als sie von einer Party zurückgekommen sind, und Christoph hat gebrüllt: »Dann such dir einen anderen Idioten, du Dörrpunze!« Ich hab mich schlafend gestellt und erst mal nur gehofft, dass es vorbeigeht. Ich wusste überhaupt nicht, was das sein soll, eine »Dörrpunze« – oh Gott, dieses Wort schon allein! Aber von Annette hab ich nichts gehört, und normalerweise lässt sie sich so was nicht gefallen.

Am nächsten Tag war Sonntag, und Annette ist einfach im Bett geblieben. Christoph hat Tom und mir Frühstück gemacht, aber auch er sah total fertig aus, und ich hab mich schließlich getraut und ihn gefragt: »Was war denn los?«

Und da hat er mit dieser komisch fremden Stimme gesagt, dass es so vermutlich nicht weitergehen könnte.

»Und was heißt das?«, hab ich gefragt. »Trennt ihr euch jetzt?« Darauf hat er nichts gesagt, sondern nur stumm in seinen Tee gestarrt.

Ich bin dann zu Annette ins Schlafzimmer und

hab geweint und ihr erzählt, was Christoph gesagt hat, aber sie hat freundlich gelächelt und gemeint:»Na ja, wir haben uns gestritten, das kennst du doch schon, oder nicht?«

Ich hab gemerkt, dass sie vor allem abwiegeln wollte, und deshalb hab ich noch erzählt, dass ich sehr wohl gehört habe, was Christoph in der Nacht zu ihr gesagt hat, und da hat sie aufgehört zu lächeln und geseufzt.

»Was bedeutet das?«, hab ich gefragt, und sie hat Luft geholt und gesagt:»Das ist ungefähr das mieseste Schimpfwort, das es gibt, weil es heißt, dass eine Frau keinen Spaß am Sex hat, also nie, und auch sonst total blöd und verklemmt ist. Also dörr im Sinne von –«, und mir wurde das sofort zu viel. So genau wollt ich's gar nicht wissen, aber Annette ist nun mal groß darin, Erklärungen abzugeben, und je länger sie mir das Wort erklärt hat, desto besser schien es ihr zu gehen. Ich glaube, sie hat das schlimme Wort in ihre Erklärungen eingewickelt und von sich weggeschoben, aber ich wollte es nicht haben, ich wollte, ich hätte es niemals gehört.

»Aber *meint* er das denn?«, hab ich gefragt, und Annette hat den Kopf geschüttelt und gesagt:»In dem Moment schon, aber er war total betrunken. Und wütend auf mich, klar.«

Und dann hat sie gesagt, dass sie's deshalb nicht mag, wenn Christoph betrunken ist, dass es aber Quatsch sei, sich mit Betrunkenen darüber zu streiten. Weil sie ja betrunken sind. Das sei ihr Fehler gewesen: sich mit einem Betrunkenen über sein Betrunkensein zu streiten.

»Aber findet er es jetzt oder nicht?«

Annette hat ein Weilchen überlegt. »Es gibt einen Spruch, der heißt: ›Im Wein liegt die Wahrheit‹, was so viel bedeutet wie: ›Im betrunkenen Zustand sagen die Leute, was sie wirklich denken‹, aber da glaub ich nicht dran. Ich glaub schon, dass man sich betrunken mehr traut und weniger nachdenkt, aber diese Wahrheit ist dann halt auch nur die wagemutige und allereinfachste Wahrheit von den verschiedenen, die's gibt.«

Womit sie wieder bei dem chinesischen Sprichwort von den drei Wahrheiten angelangt war, und das macht mich irre, das macht mich wirklich *irre*, also bin ich raus aus dem Schlafzimmer und rauf zu Rosalie, und als ich wieder runterkam, saßen Annette und Christoph noch verheulter auf dem Sofa, aber sie hatten sich wieder vertragen.

Und seitdem hab ich Angst, dass es wieder passiert. Immer, wenn sie jetzt auf Partys sind, kann ich nicht einschlafen, und wenn ich mitkriege, dass Christoph auf dem Sofa geschlafen hat, check ich am nächsten Tag Annettes Laune. »Guck nicht so, alles okay«, sagt sie dann, aber ich weiß ja, dass sie's nicht okay findet. Und wenn Christoph sich dann beim Frühstück seine *Aspirin-Plus-C*-Brausetabletten ins Glas wirft, sagt er auch zu sich selbst so Sachen wie: »Das muss echt mal aufhören«, aber das ist eben genau das, was er auch zu Tom sagt, wenn der sich jeden Nachmittag riesige Packungen Süßigkeiten kauft. Das hilft alles nichts.

»Warum lässt er's nicht einfach?«, hab ich Annette gefragt, und sie meinte, dass es mit dem Trinken so ist wie mit dem Süßigkeiten- und Chipsessen.

Man will nicht komplett darauf verzichten, weil es ja auch Spaß macht und schmeckt. Man *will* manchmal betrunken sein, die Kunst sei halt, nicht abhängig zu werden davon. Vom Alkohol. Vom Spaß des Betrunkenseins. Vom Krachen der Chips im Mund, vom leckeren, süßen Geschmack eines Gummibärchens.

Genau daran müsste ich sie jetzt erinnern, ihr erklären, dass es mir genau so geht. Aber ich bin sicher, das will sie nicht hören.

Ich habe aufgehört zu heulen, das immerhin.

Ich lausche nach draußen, und von da ist auch

nichts mehr zu hören. Wahrscheinlich ist Tom
inzwischen ins Bett gegangen.

Ich zieh mir den Schlafanzug an und geh raus.
Annette sitzt da und liest allein in dem Buch,
das sie Tom vorgelesen hat.

»Was ist denn mit dir?«, fragt sie zögernd.

Sofort steigen mir wieder Tränen in die Augen,
aber ich antworte nicht. Gehe stattdessen ins Bad
und putze mir die Nase. Wasch mir das Gesicht
mit kaltem Wasser, das tut gut.

»Ich geh noch kurz Ophelia füttern«, sage ich.
»Ich beeil mich, ich bin gleich wieder da.«

FREIHEIT

Es geht mir gleich viel besser, als ich bei Uta in
der Wohnung bin. Luftveränderung! Räucherstäb-
chenduft.

Ophelia kommt angerast und tut total verhungert; so viel zu spät bin ich jetzt auch wieder nicht,
aber ich gebe ihr zur Versöhnung einfach zwei,
drei Löffel mehr.

»Pro Tag eine halbe Dose reicht«, hat Uta zu mir

gesagt, »sonst wird sie zu fett. Sie ist sowieso schon zu fett.«

Viele Leute reden so über ihre Tiere. So fies. So, wie sie über Menschen niemals reden würden, weil das unfreundlich und herabsetzend ist.

Uta ist eine, die darauf besonderen Wert legt, die auch nicht »Zigeuner« oder »Eskimo« sagen würde, vielleicht noch nicht einmal »Indianer«, sondern »Amerikanische Ureinwohner«.

Niemals würde sie zu Annette sagen: »Gib Erna nicht so viel zu essen, die ist eh schon zu fett.«

Aber über Ophelia sagt sie's, und deshalb bin ich sicher, dass sie's über mich auch denkt und nur nicht rauslässt. Aber irgendwo muss er hin, der Abscheu. Die Abscheu? Muss ich nachschlagen.

Abscheu. Abscheulich. Verabscheuungswürdig.

»Es ist abscheulich, wie du über deine Katze redest«, sage ich laut, obwohl Uta ja gar nicht da ist. »Wenn du sie nur dafür hältst, um deine Abscheu auszuleben. Ich finde diese Haltung Tieren gegenüber verabscheuungswürdig.«

Ophelia hat ihren Napf schon leer gefressen und guckt mich mit grünen Katzenaugen an.

»Weißt du was? Wir pfeifen drauf«, sage ich und fülle ihr auch noch den Rest der Dose in den Napf.

Uta kann mich mal, hier hab *ich* jetzt die Verantwortung.

Später liege ich im Bett und kann nicht schlafen. »Denk an irgendwas Schönes«, hat Annette mir für solche Fälle geraten, »etwas, worauf du dich freust.« Weiß ich eben nicht, was soll das sein? Ich versuche mir was auszudenken, das wirklich *nichts* mit der Wirklichkeit zu tun hat. Yukon-Girl in ihrer Hütte am Yukon-River, abends, nach einem langen, arbeitsreichen Tag. Sie war fischen mit ihrer Freundin, Lachs fischen mit der Harpune. Yukon-Girl ist Meisterin im Harpunieren, schnell und geschickt. Vier große Lachse hat sie auf ihrem Pferd mit nach Hause gebracht, Lob gab es nicht, alle finden es selbstverständlich, jeder trägt seinen Teil dazu bei, dass die Familie überleben kann. Hinter der Hütte hat Yukon-Girl die Fische ausgenommen, ganz selbstverständlich, es ekelt sie nicht, sie macht das häufig. Sie hängt die Fische in den Räucherofen, reinigt ihr Werkzeug, dann wiehert leise das Pferd, ruft sie zu einem Ausritt nur zum Vergnügen, zu der Lichtung oben in den Bergen, wo die jungen Leute sich nach getaner Arbeit treffen. Yukon-Girl reitet durch den Wald, Mücken tanzen in den schrägen Strahlen der Abendsonne, die Luft ist warm und ein bisschen feucht, duftet nach Moos und Laub. Es ist gut, dass Yukon-Girl starke Beine mit kräftigen Oberschenkeln hat, so braucht sie keine Zügel, lenkt ihr Pferd allein durch Anspannen der Muskeln. Auf der Lichtung angekommen, springt Yukon-Girl ab, die Äste knacken unter ihren Mokassins. Noch ist außer ihr niemand da, aber das macht nichts, Yukon-Girl kann gut allein sein, die Aussicht von hier oben ist herrlich. Sie hört einen Pfiff, dann ein Rascheln, das Pferd wiehert leise zur Begrüßung, aber Yukon-Girl sieht sich nicht um. Sie weiß, wer da kommt, er tritt neben sie. Yukon-Boy, der gehofft hat, sie hier alleine zu treffen.

»Hi«, sagt er, doch sie dreht ihm das Gesicht nicht zu, lächelt nur und streicht mit der Hand über die glatte Rinde des Baumes, an dem sie lehnt.

»Hi.«

Er ist verlegen, aber sie nicht.

»Guck mal«, sagt sie und zeigt in die Krone des gegenüberstehenden Baumes, wo ein Eichhörnchen von Ast zu Ast springt.

Yukon-Boy greift nach seinem Bogen; unter den Jungen herrscht ein Wettkampf, wer die meisten Eichhörnchenschwänze an seinem Gürtel trägt.

Yukon-Girl schüttelt den Kopf.

»Lass es«, sagt sie und sieht Yukon-Boy jetzt an; er lächelt, lässt den Bogen sinken.

»Du hast recht«, sagt er, »das ist kindisch.« Gemeinsam sehen sie dem Eichhörnchen zu, das in ein Loch im Baum verschwindet.

»Hilfst du mir, ein Feuer zu machen?«, fragt Yukon-Boy, und gemeinsam sammeln sie trockene Äste. Yukon-Girl holt ihre Feuersteine aus dem Lederbeutel, schlägt sie nur ein einziges Mal gegeneinander; Yukon-Boy sagt nichts, nickt aber anerkennend, und später, als die andern alle da sind und lachend und schwatzend ums Feuer sitzen, trifft sein Blick immer wieder den ihren. Dann lächelt sie und sieht ins Feuer, wohl wissend, dass er ganz gerne mit ihr allein wäre, aber da sind die andern, und unten in der Hütte ist Yukon-Girls Familie, ihr strenger, gerechter Vater, der verlangt, dass ein Junge sich erst beweist, bevor er sich an seine Tochter heranwagt.

Als das Feuer runtergebrannt ist, bricht die Jugend wieder auf. Yukon-Boy prescht auf seinem Pferd voraus, um seine Reitkünste zu zeigen, Yukon-Girl lacht leise, hält ihr Pferd dicht neben dem ihrer Freundin.

Im Dorf angekommen, verabschiedet sie sich von den andern; die Hütte von Yukon-Girls

Familie steht etwas abseits, weiter vorne am Fluss, wo man nachts das Rauschen des Wassers hört. In der Hütte ist es dunkel, die Familie schläft schon. Yukon-Girl schleicht auf leisen Sohlen an den schlafenden Eltern vorbei nach hinten, wo sie von einer Decke abgeschirmt ihr eigenes, kleines Reich hat. Dort kuschelt sie sich zwischen zwei Felle auf ein einfaches Strohlager und schließt die Augen, sie wird fest und traumlos schlafen bis zum nächsten Morgen. Yukon-Girl hat nie Probleme mit dem Einschlafen, ihr Leben ist erfüllt von Arbeit, Abenteuer und Liebe. Morgen wird sie den Vater auf der Jagd nach dem Grizzlybär begleiten; er hat sie gern bei sich, denn Yukon-Girl ist umsichtig und hat ihn schon aus manch kniffliger Situation befreit.

Welcher genau, weiß ich jetzt grade nicht mehr, ich bin auch müde, will lieber noch ein bisschen an die schönen braunen Augen von Yukon-Boy denken, die, wenn ich's recht überlege, denen von Bence ziemlich ähnlich sind.

Bence, der in der Aula getanzt hat, ganz allein, total mutig. Den es auch nicht schert, was andere von ihm denken, oder?

Und dann schlaf ich Gott sei Dank ein.

MITTELPUNKT

Am nächsten Morgen steht Christoph mit uns auf. Ich zieh mich an und geh gleich als Erstes zu Uta – Ophelia hat auf den Teppich gekotzt. Ich verschwinde ins Bad und hol Klopapier, um es wegzumachen. Das fühlt sich komisch an, so weiches Zeug im dünnen Klopapier, mich schüttelt's. Ich werfe es schnell in den Abfalleimer und schrubbe mit dem Spülschwamm nach.

Ophelia ist auf die Ablage gesprungen und guckt von oben zu.

»Kannst du nicht ins Klo kotzen?«, frage ich sie. Ich hab ein schlechtes Gewissen, weil ich ihr gestern wohl doch zu viel gegeben habe. Bestimmt will sie auch abnehmen und schafft das nur mit Kotzen.

Magersüchtig ist sie, oh Gott!

»Armes Mädchen«, sage ich und streichle sie, »du bist doch schön so, wie du bist.«

Aber das glaubt sie mir natürlich nicht – wo Uta ständig an ihr rummäkelt und vor anderen Leuten schlecht über sie spricht.

Ich gebe ihr exakt drei Löffel voll Futter.

»Wenn du später noch Gelüste hast, dann trinkst du einfach was.«

Ob es Kaugummi für Katzen gibt? Für Hunde gibt es so getrocknete Sehnen oder Schweineohren zum Draufrumbeißen. Vielleicht bring ich ihr heute Nachmittag mal so was mit.

»Wo bleibst du denn?«, fragt Christoph. Er hat mir ein Marmeladebrot geschmiert, aber ich ess es nicht, ich trink nur meinen Tee.

»Ophelia hat gekotzt, mir ist der Appetit vergangen.«

»Eklig ist das«, sagt Christoph, »diese Viecher in der Wohnung.«

Tom freut sich, dass er mein Brot haben kann. Er ist schon fertig und steht kauend an der Wohnungstür und wartet.

»Oh Mann!«, sagt Christoph, als ich zum dritten Mal von der Garderobe ins Bad gehe – immer in verschiedenen Jacken, inzwischen in der Regenjacke von Tom. Die passt mir nicht wirklich, aber sie ist schwarz, und kurz ist eigentlich nicht schlecht, dann seh'n die Beine länger aus.

»Was *machst* du denn da drin?«, schnauzt Christoph, was lächerlich ist: Das kann er sich wohl denken, außer im Bad gibt's bei uns ja keinen Spiegel.

»Los jetzt«, sagt Christoph, »es ist schon Viertel vor.«

Tom wartet immer noch an der Wohnungstür. Ich will nicht mit ihm zusammen gehen, und ich kann mich wirklich nicht entscheiden, was am Ende besser aussieht: Toms Jacke zu den Jeans oder mein Wintermantel zu der Stoffhose. Inzwischen hat Christoph sich allerdings an der Garderobe postiert, also kann ich das mit der Hose sowieso nicht mehr ändern. Mantel oder Jacke, ich weiß es nicht, verdammt.

»Tschüssi«, sagt Christoph, und mir bleibt nichts anderes übrig, als so zu gehen, wie ich bin.

In der Schule versuch ich, mir nichts anmerken zu lassen.

Es klappt ganz gut, niemand spricht mich an. Auch Jolanda und Helene nicht, obwohl Helene mich manchmal so anschaut, dass ich denke, jetzt kommt gleich was, aber dann guckt sie wieder in ihr Heft. Und als sie im Vorbeigehen kurz mit Jolanda tuschelt, geht es, glaube ich, um Mathildes Frisur.

Es ist ja so, dass die Menschen sich um Dinge, die sie nicht selbst betreffen, auch immer nur kurze Zeit kümmern. Jolanda fand es toll, mir zu erzählen, dass ich mich lächerlich gemacht habe in dem Kleid. Wie's mir jetzt geht, interessiert sie nicht.

Probleme von andern sind nur gut, solange sie Unterhaltungswert haben. Wenn jemand Streit mit 'nem Lehrer hat und man dabei zuschauen kann. Oder wenn jemand sich aufregt, irgendeine Art von Unfall hat. Das macht Spaß, man hat was zu reden, kann seine Meinung darüber abgeben, Verständnis haben, beweisen, wie fair und sozial man doch ist. Weiter interessiert's dann aber auch nicht.

Als zum Beispiel rauskam, dass Rufus von seiner Mutter geschlagen wird und deshalb jetzt bei seiner Tante wohnt, fanden's alle irre interessant. Waren ungefähr zwei Tage lang wahnsinnig nett zu Rufus – Jolanda hat ihn sogar nachträglich noch zu ihrem Geburtstag eingeladen: »Damit er mal was Schönes hat«, hat sie gesagt. Aber dann war's auch schon wieder vorbei, Rufus war ja auch nicht netter geworden, im Gegenteil: Bei Jolandas Party hat er tierisch genervt.

Und dann ist die Sache – schwupps – nur noch sein eigenes Problem, man hat sich dran gewöhnt und denkt nicht weiter drüber nach.

Mein Problem, dass ich mich lächerlich gemacht habe in dem Kleid, war für Jolanda auch nur so lange interessant, bis sie meine Reaktion darauf gesehen hat. Jetzt muss schon langsam mal wieder was Neues kommen.

Es ist seltsam, wie ich darüber gleichzeitig froh und ärgerlich bin.

Froh, weil's ja wirklich peinlich ist und ich gerne will, dass keiner mehr daran denkt. Und trotzdem ärgerlich, weil ich jetzt alleine damit bin und mich vor niemandem mehr verteidigen kann, nicht mehr klarstellen, dass die Achtklässler doof sind und nicht ich.

»Man kann nicht alles haben«, hat Annette mal gesagt, »im Mittelpunkt stehen *und* seine Ruhe haben. Wenn du eine Person des öffentlichen Interesses bist, bist du halt weniger frei. Wer Bewunderer hat, hat automatisch auch Neider.«

Da ging's um Schauspieler, die im Internet fertiggemacht werden.

Und es stimmt ja, wenn ich bei dem Wettbewerb nicht mitgemacht hätte, wäre alles Weitere gar nicht passiert.

Auf der anderen Seite ist so eine Schule, so eine tägliche Zusammenkunft von Leuten doch immer irgendwie ein Wettbewerb: Wer steht wo, wer ist wie, wer mit wem und was ist angesagt.

Aber es gibt tatsächlich Leute, die es hinkriegen, dabei nicht mitzumachen. Und die haben dann auch wirklich diese größere Freiheit.

Über Lauras komische Norwegerpullover und Bergschuhe zum Beispiel macht sich nie irgendwer lustig – weil Laura sowieso total wunderlich ist und am Rand steht. Sie spielt Cello und Bratsche und will Orchestermusikerin werden; sie kennt keine Popstars und guckt niemals fern. Und in der Freizeit geht sie am liebsten mit ihrem Vater und ihrer Mutter zum Wandern. In dem Hickhack in der Schule kommt sie einfach nicht vor, und wenn ich aufzählen soll, wer bei uns in der Lerngruppe ist, vergess ich sie auch meistens.

Aber will ich so sein?

Ja, vielleicht wär das besser.

FANGFRAGEN

Zur Hofpause hat es angefangen zu regnen.

»Pech«, sagt Birgit, »ihr habt Jacken dabei. Außerdem seid ihr nicht aus Zucker.« Sie schließt die Tür ab und beaufsichtigt, wie wir uns anziehen. Wie im Kindergarten kommt man sich hier vor!

»Du musst die Jacke noch zumachen«, sagt

Birgit zu mir. Das geht aber nicht, die ist viel zu eng.

Mattis ist aufmerksam geworden und stößt Freddie an, damit sie sich gemeinsam kaputtlachen können. Ja, witzig, ich weiß. Ich kann mir diese Jacke nicht leisten, genauso wenig wie das Yukon-Girl-Kleid – sie ist aber auch Größe hundertachtundzwanzig, verdammt!

Mattis bläst die Backen auf, winkelt die Arme an und watschelt wie eine Schwangere mit vorgestrecktem Bauch auf mich zu.

Mir reicht's langsam.

Er weiß ja nicht, dass ich ihn verpetzen könnte. Dass ich ihn die ganze Zeit über schon schone und beschütze, gnädig meine Hand über ihn halte –

Ich könnte ihm mal einen kleinen Hinweis geben, dann würde er sich vielleicht zurückhalten. Bisschen netter zu mir sein, ein bisschen vorsichtig.

Ich dreh mich weg und sage zu Birgit: »Das geht nicht, sorry, die Jacke ist zu klein.«

»Dann kommst du morgen bitte mit einer passenden Jacke. Denkst du daran, oder soll ich es ins Logbuch schreiben?«

Das ist eine Drohung, auch wenn es nicht so klingt.

»Ich denk dran«, sage ich.

»Schreib's lieber ins Logbuch«, sagt Mattis zu Birgit, »Ernas Kopf ist nämlich zu voll, nein, ich meine: nicht ganz dicht!«, und dann rennt er weg und Freddie hinter ihm her.

Ich könnte ihn jetzt, genau *jetzt* bei Birgit verpetzen.

Aber die ist schon weiter ins Lehrerzimmer; solche Frotzeleien sind für sie normal.

Ich könnte einen anonymen Brief an die Schulleitung schreiben.

Das mit dem Schulklo war Mattis aus den Stadtmusikanten. *Gezeichnet: eine, die es gut mit der Gemeinschaft meint.*

Und dann?

Ich weiß gar nicht, wie sie ihm das nachweisen wollen. Ich kann es ja auch nicht wirklich bezeugen. Ich kann nur sagen: Ich bin sicher. Weil Mattis mit den Papiertüchern aus dem Klo kam, genau aus dem, das hinterher verstopft war.

Er muss es selbst gestehen, alles andere sind nur Indizienbeweise.

Freddie könnte es vielleicht bezeugen und dann sagen, dass Mattis ihn angestiftet hat. Das war bestimmt so, aber das ist ja noch viel fieser: erst mitmachen und danach die Schuld auf andere schieben. So was gibt es aber: dass die Polizei Zeugen sucht, die selbst beteiligt waren. Und wenn die dann aussagen, kriegen sie Straferlass. Richtig fies, oder? Von gemeinsam zu fies, auf allerkürzestem Weg! Ich gehe langsam die Treppe hinunter.

Ich könnte mir Freddie schnappen und ihm sagen, dass er lieber freiwillig zu Birgit gehen und gestehen sollte, gegen Straferlass. Wie eine Geheimagentin könnte ich im Hintergrund die Fäden ziehen, anstatt mir selbst die Finger schmutzig zu machen –

Apropos »schmutzig«: Ich könnte sie erpressen. Beide! Ewiges Stillschweigen – und dafür hören sie auf, mich zu ärgern.

Aber ich will nicht. Weil ich weiß, dass es falsch wäre.

»Aus großer Macht folgt große Verantwortung!«, sagt Christoph immer zu Tom und mir – weil Onkel Ben das zu Peter, also Spider-Man, gesagt hat.

Es ist echt ein Sauwetter.

Liv ist auf dem Fußballplatz – weil ihr egal ist, wenn sie nass geregnet wird. Aber Jolanda und Helene stehen unter dem Vordach vom Hinterausgang, wo all diejenigen sich drängen, die keine Lust haben rauszugehen. Auch die Pausenaufsicht hängt dort rum.

»Mein Vater sagt, das ist Sippenhaft. Dass alle für was bestraft werden, obwohl's nur einer war.«

Helene redet extra laut, und Jolanda guckt zu Corinna, der Pausenaufsicht, rüber – aber die hört nichts, ist angeblich voll und ganz mit Aufsichtführen beschäftigt. Mir ist das ziemlich unangenehm. Entweder, Helene redet direkt mit Corinna, oder sie lässt es bleiben.

»Kommt«, sage ich, »wir gehen zum Spielhäuschen rüber.« Ich renne los, und Helene und Jolanda hinter mir her.

Im Spielhäuschen ist es auch nicht wirklich trocken, das Dach hat ziemlich breite Ritzen – aber immerhin sind wir hier allein. Wir kauern uns auf die niedrigen Bänke, die innen an die Wand geschraubt sind.

»Ist doch eigentlich immer so in der Schule«, sage ich. »Als Birgit uns den Ausflug gestrichen hat, weil sie findet, man kann mit uns nicht U-Bahn fahren? Das stimmt ja schließlich auch nicht, dass man das mit *keinem* von uns kann. Oder wenn's Punkte gibt für den ordentlichsten Tisch. Was kann Jolanda dafür, wenn Vincent seine Trinkflasche umschmeißt?«

»Ich sag doch«, sagt Jolanda. »Wir müssen auf 'ne Mädchenschule.« Sie sieht grimmig durch die Fensteröffnung des Spielhäuschens hinaus.

Ist schon unwürdig, wie wir hier sitzen. Oben

im Lerngruppenraum oder in den Freizeiträumen wär's gemütlicher. Aber Mädchenschule? »Und mit wem willst du dann gehen?«, sage ich. »Ist doch auch langweilig, nur mit Mädchen. ›Wahrheit oder Pflicht‹ kannst du dann ein für allemal vergessen.« Jolanda grinst und kratzt an den Brettern herum. Da sind Herzen reingeschnitzt mit Anfangsbuchstaben von Namen – und natürlich auch der ein oder andere Penis. Helene ist immer noch ganz Detektivin.

»Super Idee!«, sagt sie. »Wir probieren's mit ›Wahrheit oder Pflicht‹! Wir fragen alle Jungs, ob sie mit uns ›Wahrheit oder Pflicht‹ spielen, und bei ›Wahrheit‹ stellen wir ihnen Fangfragen und überführen sie damit!«

»Was denn für Fangfragen? Ob sie schon mal in der Schule auf Klo waren?«

»Nein – ob sie schon mal was Verbotenes getan haben. Und dann immer weiter, das Netz langsam zuziehen –«

»Und mit ›Pflicht‹ können wir sie in uns verliebt machen!« Jolanda kneift die Augen zusammen und macht einen Kussmund. »Seiner Freundin sagt man schließlich alles.«

Sie kichern.

»Ich kann keinen in mich verliebt machen«, sage ich. »Ihr wisst ja: Ich bin zu fett.«

»Mann – das war doch nicht so gemeint.« Jolanda hat vielleicht doch ein schlechtes Gewissen.

»Du weißt doch, dass Theo in dich verliebt ist«, sagt Helene.

»Theo?«

Das soll wohl ein Trost sein, aber es stimmt schon: Theo hat mal gesagt, er wär in mich verliebt.

»T plus E«, sagt Jolanda und malt es in die Luft. Wir hören, wie Corinna in ihre Pfeife bläst. Wir haben ja keine Pausenklingel, deshalb gibt die Aufsicht zum Ende der Hofpause Zeichen. Manche von den Erziehern haben Glocken, die sie läuten, manche Trillerpfeifen wie Corinna. Manche rufen auch über den Hof oder schicken Leute rum, um Bescheid zu sagen – Hauptsache, es ist nicht so wie an normalen Schulen.

»Theo könnte's auch gewesen sein«, sagt Helene, als wir zurück im Treppenhaus sind. »Das mit den Pimmeln jedenfalls, das war *er*.«

Wir kommen an der Stelle vorbei, wo die Wand neu gestrichen wurde: weil darunter ein riesiger Edding-Penis gemalt war.

»Das mit den Pimmeln machen sie alle.«

Helene und Jolanda kichern zustimmend. Ich kann's wirklich nicht verstehen, warum das toll sein soll: Penisse überall hinzumalen. Obwohl –

die Erwachsenen ärgert's, und das reicht dann wohl als Grund.

GELD AUSGEBEN

Am Nachmittag hat es aufgeklart, und ich frag Jolanda auf dem Heimweg, ob sie mitkommen will zum Einkaufszentrum.

Ich hab ihr die Nummer von gestern endgültig verziehen, und Einkaufen macht mit Jolanda einfach am meisten Spaß.

Liv interessiert sich ja nicht so für Klamotten, und Rosalie geht überhaupt nicht gern shoppen. Für sie ist das was, das man mit seiner Mutter oder Oma machen muss, damit *die* sich gut fühlen – seltsam eigentlich, genau andersherum als bei mir. Annette fühlt sich nie gut, wenn sie Geld ausgibt, und in Umkleidekabinen kriegt sie die Krise.

Jetzt hab ich aber beschlossen, mir endlich diese *Hummel*-Sneakers zu kaufen – irgendwie hab ich das Gefühl, ich hätte sie mir wirklich verdient. Nach all dem Mist, den ich durch hab die Tage –

Und Jolanda freut sich, sie hat nachmittags fast nie was vor.

Wir holen unsere Räder und fahren zum Einkaufszentrum. Gleich hinter der Drehtür gibt's dort seit einiger Zeit einen *Frozen Yoghurt*-Stand. *Frozen Yoghurt* ist wahnsinnig lecker, aber teuer ist es auch, und ich hab nur genau sechzig Euro. Die Schuhe, die ich will, kosten neunundfünfzig neunzig; zehn Cent bleiben mir, es sei denn, ich finde irgendwo 'ne Flasche.

Jolanda hat auch nie viel Geld, aber sie braucht auch keines, jedenfalls nicht für *Hummel*-Schuhe. Sie hat welche von ihrer Mutter – also, nicht von ihr gekauft bekommen, sondern von ihr geerbt. Jolanda hat bereits Schuhgröße 39, und ihre Mutter hat genau den gleichen Geschmack wie sie. Sonst finde ich das ja eher peinlich, wenn Mutter und Tochter im selben Look rumlaufen, aber in dem Fall ist es natürlich praktisch. Das Einzige, was ich von Annette habe, sind zwei eingelaufene Wollpullover, die Christoph aus Versehen mit der Maschine gewaschen hat, und selbst da sind die Ärmel noch zu lang.

Wenigstens hab ich aber seit Kurzem Schuhgröße 36 und muss deshalb nicht mehr in der Kinderabteilung gucken. Das Gute an *Hummel-*

Erwachsenen-Schuhen ist nämlich, dass sie vorne nicht so rund sind und an den Knöcheln die Schnürung zur Mitte hin zuläuft. Das sieht elegant aus, obwohl es Turnschuhe sind. Es stimmt nicht, dass ich markenfixiert bin, es *sind* einfach die besten!

Wirklich jeder im Einkaufszentrum hat was zu essen in der Hand. Ich hab seit dem Mittagessen nichts mehr gegessen, mein Magen knurrt, und ich hätte zu gern ein Eis oder eine Brezel, einen Hamburger oder eine Wurst. Aber nein, ich bin auf Diät, und zweitens ist das alles viel zu teuer, zum Glück.

Ich war mit Jolanda schon öfter hier. Ihre Mutter arbeitet immer bis abends, und ihr Vater wohnt weit weg. Den sieht sie höchstens mal im Sommer in den Ferien, und deshalb hat Jolanda so ein erwachseneres Leben. Sie kocht oft für sich und ihre Mutter am Abend, und dann essen sie zusammen vor dem Fernseher, echt wahr. Darauf bin ich neidisch. Und darauf, dass sie keine Angst hat, in den Läden von Verkäuferinnen angequatscht zu werden.

»Danke, wir sehen uns nur um«, sagt sie, und dann kichern wir, wenn die Verkäuferinnen wieder weg sind. Ich nehm mir vor, das auch mal zu üben. Im Schuhladen ist es ziemlich voll.

»Ich würde die Roten nehmen.«

Ich weiß schon, dass Jolanda die nehmen würde, das hat sie schon ungefähr zehnmal gesagt. Ich finde die Grünen aber besser, und ich hab Jolanda im Verdacht, dass sie das eigentlich auch findet und darauf spekuliert, sich irgendwann, wenn sie mal neue kriegt, die Grünen auszusuchen. Und damit wir dann nicht die Gleichen haben, rät sie mir jetzt zu den Roten.

»Die Roten sind zehn Euro runtergesetzt«, sagt sie.

Das ist natürlich super. Ich schau sie mir noch mal von allen Seiten an.

»Also gut«, sage ich.

Jolanda sprintet los und sucht eine Verkäuferin.

»Die hier in Größe 36.«

Die Verkäuferin verzieht den Mund. Ich ahne schon, was gleich kommt.

»Tut mir leid, das ist Herbst-Saison, nur noch, was hier steht.«

»Wir könnten noch woanders gucken«, schlägt Jolanda vor. Ich will nicht woanders gucken.

»Und die Grünen?«, frage ich piepsig. Die Verkäuferin hatte sich schon abgewandt. Wahrscheinlich glaubt sie nicht, dass ich wirklich was kaufen will. Ohne was zu sagen, verschwindet sie hinter einem Vorhang. Jolanda sagt auch nichts mehr, guckt sich die neuen *Chucks* an.

Einkaufen ist echt nicht leicht. Wenn ich mit Annette unterwegs bin, verunsichert sie mich auch immer. Aus irgendwelchen Gründen will ich, dass die, die mich begleiten, auch zufrieden sind mit dem, was ich aussuche.

Die Verkäuferin bringt die grünen Schuhe. Sie sehen super aus.

»Und?«, fragt die Verkäuferin.

Ich gehe auf den Spiegel zu. Guck mich nach Jolanda um. Spiegel – Jolanda.

Jolanda zuckt die Achseln.

»Ich nehm sie«, sage ich.

Wenn ich noch Geld übrig hätte, könnte ich Jolanda jetzt noch zu was einladen. So gehen wir nebeneinander zwischen den Geschäften entlang, und die Stimmung ist nicht so, wie ich's mir ausgemalt habe. Ich müsste richtig glücklich sein, mit den Schuhen in der Tüte, aber das Schweigen zwischen uns ist echt doof.

»Sollen wir noch zu *H&M*?«

Jolanda zuckt nur wieder mit den Achseln.

»Komm schon«, sage ich, »wir probieren affiges Zeug an.«

Wir besetzen die Behindertenkabine, und ich suche die abgefahrensten Glitzerteile aus, die ich finden kann.

Jolanda hat wieder bessere Laune, wir kichern.

Ich finde, sie sieht toll aus in dem Overall mit Tigerstreifen, und ich sag's ihr auch.

»Das ist doch nicht dein Ernst, mal ehrlich.«

»Doch!«, sage ich. »Das ist wirklich richtig schick!« Ich muss lachen, und sie glaubt mir nicht. Ich atme tief durch. »Ehrlich.«

Jolanda dreht sich vor dem Spiegel. Ich sehe an ihrem Gesicht, wie sie sich langsam in sich selbst verliebt. Sie sieht wirklich gut aus, wie vierzehn.

Ich beuge mich runter und ziehe meine neuen Schuhe an. Die alten steck ich in die Tüte.

»Du weißt schon, dass die hier Videoüberwachung haben?«

Ich sehe Jolanda erschrocken an. Sie lacht mich aus.

»Guck nicht so. Du hast ja nichts geklaut. Könnte halt so aussehen, bei denen, in der Aufzeichnung ...«

Oh Gott, echt, die *Drei Ausrufezeichen* lassen grüßen!

»Meine Mutter hat gesagt, in England gibt's Videoüberwachung auf den Schulklos.«

»Dass alle sehen können, wie man pinkelt?«

»Nein. Weil man da alleine ist und deshalb seine Aggression ablässt. Meine Mutter sagt, es sei ganz normal, dass Klos zerstört werden.«

Dass alle das so ausführlich mit ihren Eltern besprechen – aber klar, würd ich auch tun, wenn ich nicht wüsste, wer es war.

Auf dem Weg nach draußen ist mir gar nicht wohl. Wenn mich ein Ladendetektiv aufhält, um in meine Tüte zu schauen? Ich *weiß*, dass ich nichts getan hab, aber trotzdem: In Verdacht geraten will ich auch nicht.

»Und findet sie das okay?«, frag ich Jolanda. Der Gang zwischen den Läden ist voll, immer mehr Leute kommen, es ist Feierabend.

»Was?«

»Na: das mit der Videoüberwachung.«

»Nö. Sie findet, die Aggression ist das Problem. Aber dass die halt kommt, wenn man so viel mit andern zusammen ist.«

Schon wieder grinst mich der *Frozen Yoghurt*-Stand an. Wenn ich Tom wäre, würde ich Jolanda fragen, ob sie Geld dabeihat. Wenn ich Tom wäre, würde ich den Typ mit dem gelben Käppi hinterm Stand mit Hundeaugen angucken und fragen, ob ich eins umsonst kriege – wer weiß, vielleicht sagt er Ja.

»Guck mal, da drüben«, flüstert Jolanda.

Bence und sein Vater! Sie kommen aus dem Handyladen.

Sie sehen uns nicht, Bence quatscht auf seinen

Vater ein – natürlich auf Ungarisch, man versteht kein einziges Wort.

»Ob er ein Handy gekriegt hat?«, fragt Jolanda.

»Glaub ich nicht. Bestimmt hat er nur gezeigt, welches er gern hätte.«

»Oder er muss für seinen Vater dolmetschen.«

»Quatsch. Der ist doch auch schon seit hundert Jahren in Deutschland.« Ich sehe ihnen nach – Bence sieht klein aus, so neben seinem Vater.

»Soll'n wir ihnen nachschleichen?« Jolanda hat meinen Arm gepackt.

»Bist du bescheuert? Warum denn?«

»Ich glaub immer noch, dass er's war.« Sie zieht mich am Arm hinter den beiden her.

»Echt jetzt?«

»Ich hab gesehen, wie er geguckt hat bei Birgits Strafpredigt. Er war total nervös! Richtig rot ist er geworden und wollte sich nichts anmerken lassen. Hat Hauptsache in sein Heft geschaut, aber ich sag dir: viel zu auffällig!«

»Und warum hast du das bisher nicht gesagt?« Ich mach mich von ihr los und bleibe stehen.

»Ich weiß nicht … Ist ja nur 'ne Vermutung.« Sie sind weg.

»Vielleicht ist er rot geworden, weil er sich geärgert hat«, sage ich. »Ich hab mich auch geärgert und ihr ja wohl auch.«

»Wer ›ihr‹?«

»Na: du und Liv und Helene. Ihr habt euch doch aufgeregt, *ihr* wollt doch unbedingt rauskriegen, wer's war!«

»Du etwa nicht?«

»Nö.«

»Hab ich schon gemerkt.« Jolanda sieht mich aus zusammengekniffenen Augen an. »Du tust nur so, als ob du mitmachst beim Ermitteln.«

Scheiße, echt. So langsam nervt mich das wirklich. Jetzt krieg ich schon Streit mit Jolanda deswegen!

»Von mir aus war er's«, sage ich. »Aber das kriegen wir auch nicht raus, wenn wir ihm jetzt nachschleichen.«

Jolanda guckt auf den Ausgang, zu dem Bence und sein Vater hinaus sind. Dann sieht sie mich an und grinst.

»Du bist in ihn.«

»Wie bitte?«

»Tja, meine Liebe – ertappt!« Jolanda tätschelt mir die Wange. »Du bist in ihn verknallt, und deshalb willst du ihn beschützen.«

Ich dreh den Kopf weg und sage nichts mehr. Was für ein Blödsinn, aber Leugnen hilft nichts. Je mehr ich dagegen rede, umso mehr fühlt Jolanda sich im Recht.

Das Einzige, was ich tun könnte, ist, Jolanda von Mattis zu erzählen. Dass ich *weiß*, dass es Bence nicht war. Langsam frage ich mich, warum ich es nicht tue. Ich wär mit einem Schlag alle Sorgen los. Könnte mich mit Jolanda beraten, gemeinsam mit ihr zur Schulleitung gehen –

»Ich *will!* es *einfach!* nicht *wissen!*«, brülle ich.

Ich brülle richtig laut, und Jolanda kriegt 'n Schreck. Auch die Leute gucken, wer hier auf einmal so rumschreit.

»Bist du wahnsinnig geworden?« Jolanda tritt zurück, aber ich brülle einfach weiter.

»Ja!«, brülle ich. »Ich bin *wahnsinnig!*« Es macht Spaß, ich kann gar nicht mehr aufhören. »Ich bin *wahnsinnig* vor *Liebe!* Ich bin *krank!!*«

»Hör auf!«, sagt Jolanda. »Hör doch auf!«

Ich rase von ihr weg auf den Ausgang zu. Ich schwinge meine Tüte mit den Schuhen durch die Luft und dreh mich um mich selbst – Jolanda lacht jetzt und rennt hinter mir her.

Draußen keuche ich und werd wieder normal. Sonst ist mir so was ja peinlich, aber diesmal ist es mir egal. Vielleicht bin ich wirklich verliebt. Dann ist einem nichts mehr peinlich, dann ist man eins mit sich und der Welt. Dann strahlt man von innen und steckt andere mit diesem Strahlen an; ich probier's gleich mal aus an einer Frau, die mir mit verkniffenem Gesicht entgegenkommt. Ich strahle sie an und tatsächlich: Strahlen kann man's nicht nennen, aber überrascht ist sie schon und hält dem, der hinter ihr geht, sogar die Tür auf.

REICH

Auf dem Heimweg fahren wir über die große S-Bahn-Brücke. Es wird schon dunkel, und am Geländer sind alle paar Meter quaderförmige Lampen eingebaut. Und weil man da so leicht rankommt, sind sie alle getaggt oder beklebt. Die mit Papieraufklebern sehen eigentlich ganz schön aus, da scheint das Licht durch wie bei Lampions. Die mit bunten, verlaufenen Tags sind auch nicht schlecht. Ich hab mal Tags geübt, aber nur für mich, zu Hause, auf Papier.

Annette sagt, als sie Kind war, gab's noch keine Tags, und Graffiti kam gerade erst aus New York und wurde heiß diskutiert. Ich find's komisch, mir vorzustellen, dass sich alles so schnell verändert. Irgendwann sag ich zu meinem eigenen Kind: »Als ich klein war, gab's noch keine –«

Ja, was dann wohl? Ich würde gerne was erfinden, was dann ganz normal ist. Man kann unheimlich reich werden, wenn man sich schlau anstellt und Patent anmeldet. Annette sagt, sie erinnert sich noch, wie diese Ketten an den Einkaufswagen eingeführt wurden, damit man seinen Wagen zurückbringt, dieses Pfandsystem mit Münzen oder Chips. Das ist super simpel, das hätte wirklich jedem einfallen können.

Jolanda ist schon oben auf der Brücke, ich geb mir Mühe, nicht zu keuchen. Meine Gangschaltung ist kaputt und meine Kondition ja leider nicht die beste. Ich schau auf meine Schuhe auf den Pedalen, um mich abzulenken, und atme durch die Nase – das soll Seitenstechen verhindern, behauptet Holger, unser Sportlehrer. Es klappt genau zwei Sekunden, dann muss ich doch den Mund aufmachen. Dafür lass ich mich für das Stück runter von der Brücke nach hinten auf den Gepäckträger gleiten und fahr wie ein Rocker auf seiner *Moto Guzzi* an Jolanda vorbei.

»Hey Baby!«, rufe ich ihr zu, und Jolanda lacht und rast mir hinterher.

»Yo Alter!«, ruft sie, als sie mich wieder eingeholt hat.

Es ist ziemlich kalt jetzt, wo die Sonne nicht mehr da ist, aber man riecht, dass es Frühling wird. Man riecht Erde, die auftaut, und den Müll vom BSR-Hof. Meine Füße sehen super aus in den grünen Schuhen, und vielleicht regnet's ja jetzt mal ein paar Wochen lang nicht.

SIPPENHAFT

Zu Hause ist dicke Luft.

Ich weiß nicht, was passiert ist, aber Annette stampft wütend durch die Wohnung und behauptet, dass sie immer alles alleine machen muss und wir nur Dreck verursachen und uns bedienen lassen. Sie scheucht mich zum Tischdecken, und als ich sage, dass Tom aber auch mithelfen muss, zischt sie mich an: »Wenn du nicht ganz schnell den Mund hältst, kannst du mal schön in deinem Zimmer essen, klar?«

Als ob das eine Drohung wäre. Besser als mit der schlecht gelaunten Annette und dem superschlauen Tom an einem Tisch – Tom, der immer dann, wenn er was tun soll, dringend aufs Klo muss oder runter zu Max. Ich mach sowieso schon fünfmal so viel wie er im Haushalt. Weil es mir was ausmacht, wenn Annette sich ungerecht behandelt fühlt. Aber darf sie deswegen *mich* ungerecht behandeln?

Es gibt Tiefkühlpizza, weil Annette keine Lust hatte zu kochen.

Erst freu ich mich, aber dann fällt mir ein, dass sie die ja sonst nicht macht, weil es Trashfood ist: also sicher auch schlecht für die Figur.

»Gibt's denn keinen Salat dazu?«, frage ich, und Annette schaut mich an, als ob sie mich gleich in Stücke zersägt – so wie die Pizza.

»Du kannst gerne rechtzeitig nach Hause kommen und einkaufen gehen und dann das kochen, was dir beliebt.«

Sie säbelt mit einem stumpfen Messer an der Pizza rum, versucht, gleich große Stücke zu schneiden. Die Salami rutscht weg, der Käse klebt, sie flucht.

Tom verbrennt sich den Mund, weil er so gierig ist. Ich esse mit ganz kleinen Bissen.

»Was bedeutet eigentlich ›Sippenhaft‹?« Tom spricht mit vollem Mund wie immer.

Annette starrt ihn an. »Wie kommst du denn jetzt *da*rauf?«

»Weil du uns anraunzt, dass wir Dreck machen, und vielleicht waren wir's ja gar nicht!« Ich grinse.

»Wegen den neuen Regeln«, sagt Tom. »Oskars Mutter sagt, das ist Sippenhaft.«

Annette sieht immer noch nicht durch.

»Weil wir alle für was bestraft werden, das nur einer gemacht hat«, sage ich.

»Na ja«, sagt Annette. »Sippenhaft bedeutet eigentlich, dass man aus der Verwandtschaft auf den Einzelnen schließt.« Sie sieht mich an und schneidet eine Grimasse.

»Und was ist dann das in der Schule?«, frage ich.

»Das ist nicht Sippenhaft«, sagt Annette, »das sind Gestapo-Methoden.«

»Was?« Jetzt bin ich neugierig geworden.

»Nein«, sagt sie schnell, »sagt in der Schule bloß nicht, dass ich das gesagt hab.«

»Was ist denn Gestapo?«, fragt Tom.

»Vergiss es wieder, bitte, das ist Quatsch. Man soll keine Nazivergleiche anstellen.«

»Ist Gestapo denn so was wie Nazis?«

Annette nickt.

»Und warum hast du das dann gesagt?«

»Weil ich wütend bin. – Also: Sippenhaft ist, wenn jemand dich blöd findet, weil er *mich* blöd findet. Weil du mein Sohn bist, und wir sind eine Sippe.«

»Ist doch voll fies«, sagt Tom.

»Ja genau«, sagt Annette. »Passiert aber dauernd. Zum Beispiel hier im Haus.«

»Stimmt«, sagt Tom. »Du findest Max blöd, weil du Franziska blöd findest.«

»Nee, umgekehrt«, sage ich und lache.

Annette runzelt die Stirn. »Ich finde die beiden nicht blöd.«

»Ach«, sage ich, bin dann aber still, weil ich froh bin, dass Annettes Laune sich gebessert hat. Da will ich mal lieber nicht zu spitzfindig sein.

»Okay«, gibt sie zu, »ich find sie manchmal blöd, aber jeden für sich. Sippenhaft wäre, wenn ich Max gar nicht kennen würde und ihn nur blöd fände, weil er Franziskas Sohn ist. Also, ich meine – wenn jetzt zum Beispiel Franziskas Schwester zu Besuch käme, und ich würde denken, na ja, die kann wohl nicht besonders schlau sein, weil Franziska nicht schlau ist, und also red ich nicht mit ihr.«

So wie mit Helenes Eltern: Ich denke, dass sie doof sind, dabei kenn ich sie ja gar nicht.

»Findest du Franziska nicht schlau?«, fragt Tom.

»Das war doch nur ein Beispiel!«

»Sag bloß nichts zu Max«, sage ich.

»Was darf ich überhaupt noch sagen?« Tom zieht einen Flunsch.

Annette nimmt sich noch ein Stück Pizza. »Ich

weiß nicht. Ich find's blöd, dass sie euch unter Druck setzen wollen. Aber sie würden sicher sagen, dass ihnen nichts anderes übrigbleibt.«

»Genau«, sage ich. »Genau das sagen sie.«

»Sie könnten ein Kopfgeld aussetzen«, sagt Annette und nimmt sich noch ein Stück Pizza.

»Kopfgeld? Wie bei *Lucky Luke*?« Tom horcht auf.

»Oder bei der BVG. Da kriegt man fünfhundert Euro, wenn man wen verrät, der die Fenster zerkratzt hat.«

»Das wär cool!« Jetzt ist Tom plötzlich nicht mehr so abgeneigt.

»Für Geld würdest du echt alles machen«, sage ich. Tom grinst.

»Findest du das wirklich okay?«, frage ich Annette. »Dass man Verrätern Geld bezahlt?«

»Ich weiß nicht«, sagt Annette. »Das soll ein Anreiz sein. – Die Grenze ist natürlich fließend.«

Na bravo. Das ist genau so ein Spruch wie der mit den drei Wahrheiten.

»Ich finde schon, dass alle füreinander verantwortlich sind«, sagt Annette. »Dass es nicht geht, dass einer rumläuft und aus Quatsch was kaputtmacht. U-Bahn-Fenster. Oder Klos.« Annette schabt nachdenklich den Käse vom Messer und steckt ihn sich in den Mund. Die Pizza war zu klein für drei, sie hat noch Hunger, ich auch.

»Wer Mist macht«, sagt sie, »muss zur Rechenschaft gezogen werden.«

»Aber sie wissen halt nicht, wer es war!«

»Ja klar, da sind sie auf euch angewiesen. Dass ihr auch gegenseitig auf euch aufpasst. So ist das in Gemeinschaften: Es gibt Regeln, an die man sich halten muss, und alle passen gemeinsam drauf auf. Ich find's auch falsch, das nur den Lehrern und Erziehern zu überlassen. Das hat mit Zivilcourage zu tun. Nicht immer wegzusehen und so weiter. Es geht ja nicht nur um die Klos.«

»Okay, und was ist dann aber Einmischen?«

»Es ist wichtig, dass man sich einmischt.«

Ja, ja.

»Ich *soll* mich aber nicht einmischen«, sage ich. »Schon vergessen? Mein Halbjahresziel! Ich soll den Lehrern vertrau'n, dass die es regeln, und selber immer schön zählen.«

»Ich sag doch«, sagt Annette, »die Grenze ist fließend. Sie passen auf euch auf, aber in dem Fall wissen sie nicht, wie. Also sperren sie euch ein und üben Druck aus, ganz einfach.«

»Und das findest du dann okay?«

»Nee, okay nicht. Hilflos, würde ich sagen.«

ZIVILCOURAGE

Ich geh rüber zu Uta, um nach Ophelia zu schauen.
Sie sieht ganz munter aus, und es liegt auch nir-
gendwo mehr Kotze. Ich gebe ihr wieder ganz
genau drei Esslöffel voll Futter, dann geh ich in
Utas Schlafzimmer, um in dem großen Spiegel an
ihrem Kleiderschrank noch mal meine neuen
Schuhe zu bewundern. Die Wirkung hat schon
ein bisschen nachgelassen. Sie sehen gut aus, klar,
aber der Rest sieht aus wie immer.

Und alles andere ist auch wie immer.

Ich trau Annette nicht. Das mit der Zivilcourage
klingt gut, aber diese fließende Grenze, die trennt
leider auch uns. Zwar sind wir meistens auf derselben Seite, aber dann, ganz plötzlich, steht sie
komplett auf der andern. Erst will sie, dass ich ihr
alles erzähle, aber dann wird's ihr plötzlich zu
viel. Vor allem, wenn sie selbst nicht mehr durch-
sieht.

So wie bei der Sache mit Max.

Nicht die mit dem Flohmarkt, die ist ja schon
länger her. Aber Max ist auch so einer, der regelmäßig rastet. Früher war's noch schlimmer, da ist
er ständig auf andere los, manchmal auch mit

Scheren oder Stöcken. Er wird wahnsinnig wütend, wenn er nicht gewinnt, will immer der Chef sein und sieht rot, sobald er denkt, dass jemand was Fieses über ihn sagt. Dabei sagt er selbst andauernd Fieses über andere. Die Kinder im Haus sind alle auf der Hut vor ihm, aber Tom ist Max' Freund, Tom mag ihn gerne, und Annette war früher mit Franziska befreundet. Jetzt nicht mehr, so wie immer bei den Erwachsenen im Haus.

Tom hat keine Angst vor Max, beziehungweise weiß er, wie man sich vor Max in Acht nimmt. Und es ist dann auch länger nichts Schlimmes passiert – bis zu diesem Vorfall letzten Herbst bei uns im Garten.

Da lag so ein Bretterstapel, und Max ist darauf rumgehüpft. Und auf der anderen Seite des Stapels saß Philine – die war damals knapp zwei.

Und Tom hat gesagt: »Max, pass auf, da hinten sitzt Philine«, und Max hat gesagt: »Pech für sie«, und ist weiter gehüpft.

Er ist so doll gehüpft, dass Philine unfreiwillig auch mit hoch und runter gehüpft ist, und es war klar, wenn er so weitermacht, kracht sie gleich ganz runter und tut sich höllisch weh. Also hat Tom noch mal gesagt: »Max, hör jetzt auf.«

Aber Max hat nicht aufgehört, sondern gesagt: »Sie hüpft doch selber.«

Was natürlich Quatsch war, sie hüpfte nur wegen ihm. Und also hab ich mich eingemischt und gesagt: »Stell dich nicht dümmer, als du schon bist«, und da ist Max ganz schlimm gerastet und hat eins von den Brettern vom Stapel genommen und ist auf mich los. Und Tom hat Angst gekriegt und um Hilfe gerufen, und ich bin raus auf die Straße, wo Max mich ganz sicher nicht erwischt. Der ist dann statt auf mich auf Tom los – das hab ich nicht mehr gesehen, das hat mir Tom hinterher erzählt. Zum Glück ist Tom ganz gut im Rennen, aber Thorsten, Philines Vater, hat gesehen, wie Max am Ende mit dem Brett nach Tom geworfen hat.

Das war natürlich ein ziemliches Ding, vor allem weil Tom den Erwachsenen nicht erzählt hat, wie es dazu gekommen ist. Tom sagt bei so was wirklich nie was, er hat überhaupt kein Vertrauen zu den Erwachsenen. Und Franziska kam Toms Schweigen natürlich sehr gelegen. Die konnte jetzt so tun, als sei alles nur ein wildes, ausuferndes Spiel gewesen – jedenfalls nicht Max' Schuld oder Absicht –, aber das konnte ich dann wiederum nicht stehen lassen. Weil Tom ja eigentlich ein Held gewesen ist und Philine beschützt hat, genau so, wie die Erwachsenen es immer von uns erwarten: dass wir uns einmischen, bevor was Schlimmes passiert. Also hab ich mich schon wieder eingemischt, weil ich wollte, dass Tom recht bekommt statt mit Max zusammen ein Gartenverbot. Und ich hab erzählt, was passiert ist. Darüber haben sich dann wiederum Annette und Franziska gestritten, und am Ende war Annette so sauer, dass sie gesagt hat, *ich* sei an allem schuld. Weil *ich* ja schließlich Max provoziert hätte mit meiner Bemerkung, dass er dumm sei.

So viel zum Thema Zivilcourage und sich einmischen.

Man kann den Erwachsenen nicht vertrauen, ständig gibt es Situationen, wo sie plötzlich das Gegenteil von dem behaupten, was sie vorher gesagt haben.

Wahrheit Nummer eins: Misch dich ein, sonst bist du schuld, wenn was Schlimmes passiert.

Wahrheit Nummer zwei: Halt dich raus, sonst bist du schuld, wenn jemand rastet – und daraufhin was Schlimmes passiert.

Wahrheit Nummer drei: Geh davon aus, dass egal, was du tust, du der Arsch bist. Weil es Richtig oder Falsch nicht gibt beziehungsweise die Grenze, die es trennt, leider fließend ist.

Was für ein Irrsinn!

Ich mach die *ABBA*-CD in Utas Anlage an.

»The winner takes it all!«, singt Agneta – ja, ja, von wegen. Der Gewinner ist ein armes, dickes Würstchen, das sich schämen muss für sein Kleid.

Das zwar Bescheid weiß, sich aber lieber zurückhält, um am Ende nicht doch noch eins auf den Deckel zu kriegen –

Ich hör genauer hin, und tatsächlich hatte ich den Text ganz falsch verstanden. Agneta *ist* gar nicht die Gewinnerin. Sie ist die Loserin, die klein und bedröppelt danebensteht und derjenigen, die gewonnen hat, bei ihrem Triumph zuschauen muss. Das ist ihr Schicksal! Und reden will sie aber auch nicht darüber.

Ich spiel's noch mal von vorne.

»I don't wanna talk – about things we've gone through …«

Agneta will nicht darüber reden – über all das, was sie durchgemacht hat. Ich lasse mich aufs Sofa fallen.

Aber was, wenn die Detektivinnen nicht lockerlassen? Wenn Jolanda Liv und Helene von ihrem Verdacht erzählt? Wenn am Ende Bence die Schuld kriegt? Er sagt ja nie was.

»Though it's hurting me – now it's history.«

Egal, ob es wehtut: Schwamm drüber. Schweigen.

Und Bence ist genau so. Ich glaub ja nicht, dass er *ABBA* hört – aber ich muss dabei an ihn denken. Wie er Mattis in Sport den Vortritt lässt: »Bitte schön, wähl ruhig alle Guten in deine Mannschaft...« Der Gewinner bekommt alles. Und Bence schweigt dazu im Lerngruppenrat.

Selbst, wenn Bence beschuldigt wird: Ich wette, er hält den Mund. Er würde sogar eine Verwarnung in Kauf nehmen – nur damit Mattis nicht von der Schule fliegt. Bence ist es egal, wenn er als Depp dasteht, er wehrt sich nicht, nie.

Ist das schlau oder bescheuert?

Ophelia kommt und springt mir auf den Schoß. »Hallo, mein Schätzchen«, sage ich. »Sei froh. Kannst von Glück sagen, dass du hier in der Wohnung ganz allein bist.«

Katzen sind Einzelgänger. Denen ist das zu doof: die Gemeinschaft, das Gerede. Die ewigen Kompromisse und gegenseitigen Verdächtigungen...

Sie sind stolz, sie sind unabhängig. Sitzen oben auf dem Schrank und haben den totalen Überblick. So wie Yukon-Girl in den Canyons!

Ich mach die Augen zu und träum mich weg.

Yukon-Girl springt im Lager vom Pferd. »Wo warst du?«, wollen die anderen wissen.

»Einfach nur ausreiten«, antwortet Yukon-Girl stolz.

Sie führt ihr Pferd in den Corral. Gibt ihm einen Klaps; es wiehert und ist fort. Yukon-Girl setzt sich zu den anderen ans Feuer. Sie singen.

Yukon-Girl hat eine schöne, klare Stimme; ab und zu singt sie einen Part alleine, dann fallen die andern in der Runde wieder ein. »I don't wanna talk«, singt Yukon-Girl. »About things we've gone through …« Yukon-Boy stochert in der Glut. Ein Funkenregen steigt hinauf zum Himmel, Yukon-Boy zuckt erschrocken zurück. Yukon-Girl lächelt, schüttelt unmerklich den Kopf.

Yukon-Boy lächelt jetzt auch. »The winner takes it all!«, singt er – ein bisschen spöttisch, aber er kann ebenfalls schön singen. Sie singen im Duett, die beiden, hohe Stimme, tiefe … Zusammen ergibt das einen wunderbaren Klang. Die Runde lauscht, das Feuer brennt, die Nacht ist dunkel, undurchdringlich –

Ich will einen Song schreiben. Einen, der *meine* Gefühle zum Thema hat!

FLIESSENDE GRENZEN

Ich hab bis halb zwölf wach gelegen und mir einen Songtext ausgedacht. Er passt auf die Musik von *Mamma Mia*:

Es ist wirklich verhext, ich weiß nicht, was ich tue.
Gegen dieses Gefühl helfen nicht mal neue Schuhe.
Ich schau mich um – und ich seh nichts mehr.
Weiß nicht warum – ist nur Nebel hier in meinem Hirn.
Tausend Fragen, die mich alle verwirr'n. Guck mich an, damit ich weiß, wie es geht.
Ob noch irgendeine Hoffnung besteht.
Oh, oh.
Mamma mia!
Ja, hier steh ich nun.
Oje. Wie kann ich da rauskomm'?
Mamma mia!
Sag, was soll ich tun?
Oje. Sag's mir nicht, ich weiß schon:
Es gibt nicht eine Wahrheit!
Doch was ich will, ist Klarheit.
Warum – ist die Welt so kompliziert?

Ich singe das den ganzen Weg in die Schule, und es hilft. Irgendwann muss ich aber leider damit aufhören, weil die anderen sonst denken, dass ich jetzt völlig durchgedreht bin. Noch bin ich kein Musical-Star, aber bald! Oder Singer-Songwriterin, dann muss ich aber auch noch Melodien komponieren.

Oben im Lerngruppenraum begutachtet Liv meine neuen Schuhe und nickt gnädig. Helene sagt:»Ich finde das Grün ein bisschen zu dunkel.« Pah, sie hätte vermutlich pinke genommen! Oder nein: *fliederfarbene.* Jolanda sagt nichts, aber die hat ja gestern schon alles gesagt.

KONVERSATION

In Englisch üben wir Konversation.

Konversation heißt»miteinander sprechen«, und weil das auf einer anderen Sprache noch viel schwieriger ist als in der eigenen, hat Sylvia, die Englischlehrerin, solche Kärtchen, wo die Fragen draufstehen, die man stellen und dann beantworten soll.

»How are you?«, sagt Blanka, und Luisa antwortet: »I'm fine.«

»What's the weather like today?«, fragt Blanka, und Mathilde antwortet: »The sky ist grey.«

Mattis raunzt mit Rappergeste dazwischen: »Oh yeah, the sky ist fucking grey!«, und die anderen Jungen lachen laut.

Sylvia versucht, ihn zu ignorieren. Sie guckt Blanka an, und die macht weiter: »What did you have for breakfast this morning?«

Niemand meldet sich.

Sylvia schaut mich an. Ich wollte eigentlich den ganzen Tag nichts sagen, mich mal wirklich voll und ganz aus allem raushalten. Aber Sylvia hängen zu lassen, das geht natürlich auch nicht, sie tut mir ohnehin schon leid, weil sie diese furchtbare Lerngruppe zu unterrichten hat. Alle Lehrer, die nur fächerweise bei uns drin sind, haben's schwer, aber Sylvia besonders.

Sie ist klein und fahrig und eigentlich echt nett, aber auch so hilflos und leicht zu verunsichern. Sie antwortet immer auf die blödesten Fragen und merkt erst viel zu spät, dass sie reingelegt werden soll. Und dann wird sie zwar wütend, aber kann das irgendwie nicht zeigen, sondern presst nur die Lippen zusammen und sieht auf den Boden.

»I had crumbled eggs and cornflakes and a slice

of bread with butter and jam«, sage ich. Was zwar nicht wahr ist, aber eine gute Antwort: voll mit englischen Vokabeln.

»Kein Wunder kriegt sie die Jacke nicht zu«, sagt Mattis halblaut zu Freddie, und Freddie lacht und klatscht bei Mattis ein.

»Ha, ha, witzig«, sage ich, und Mattis sagt: »Yeah, I am a very funny guy. Do you want to marry me?«

»Fuck you«, sage ich, und schon bin ich nicht mehr Sylvias Stütze, und sie sagt, dass sie es schade fände, dass jeder Versuch, den Unterricht lebendig zu gestalten, mit uns nur im Chaos endet, und dann teilt sie Arbeitsblätter aus.

Was auch keine wirklich gute Idee ist – zwar ist es erst mal eine Zeit lang ruhig, aber genau das lädt eben dazu ein, sich irgendeinen Quatsch auszudenken, damit es wieder Stimmung gibt.

Mattis schreibt ein Briefchen, in dem steht: *Ich nehme das Angebot an. Wann und wo?*

Ich weiß, ich muss das ignorieren, aber ich ärgere mich. Ich ärgere mich, weil es eigentlich »Fuck yourself« hätte heißen müssen. Das hab ich aber nicht gesagt und also muss ich es jetzt sagen.

»Oh Mist«, sage ich, »ich meinte natürlich ›Fuck yourself‹!«

Weil es aber inzwischen ganz still ist in der Klasse und die Konversation längst vorbei, klingt das viel brutaler als alles andere zuvor. Mein Satz steht allein und zusammenhangslos im Raum – es hat ja außer mir und vielleicht noch Freddie auch niemand den Zettel gelesen. Also klingt es, als ob dieses »Fuck yourself« inzwischen jeden hier meinen könnte, als ob ich fluche um des Fluchens willen. Sylvia kommt mit schnellen Schritten auf mich zu.

»Gib mir mal bitte dein Logbuch«, sagt sie, und dann setzt sie sich damit hin und verfasst einen Eintrag.

Die anderen sind still. Ist ja auch prima, endlich passiert wieder was.

Ich muss aufpassen, dass ich nicht heule, auch nicht anfange, mich zu verteidigen. Erklärungen nützen in so einer Lage nichts mehr; wenn, dann müsste jemand anderes mir beispringen, aber da kann ich lange warten, das hat einfach niemand kapiert: was ich meine und warum ich es loswerden musste.

Erna hat in der Englischstunde nichts Besseres zu tun, als laut zu fluchen und andere zu beleidigen. Ich finde das einfach nur schade. S.P.

»Scheißegal«, sagt Jolanda nach der Stunde. »Deine Eltern geben doch auf Einträge nichts.«

Die nicht, aber ich.

Ich bin immer noch knapp vorm Heulen, weil ich das alles so unfair und demütigend finde. Nie wieder helfe ich Sylvia aus der Patsche, echt, da kann sie lange warten. Sie checkt einfach nichts, das ist klar. Und das Schlimmste ist, dass ich das Gefühl habe, dass alle, wirklich alle – auch meine sogenannten Freundinnen – irgendwie ganz zufrieden sind, dass ich auch mal eins auf den Deckel gekriegt habe.

Jetzt tut Jolanda so, als wolle sie mich trösten, aber in der Situation selbst hat sie auch nichts gesagt. Genau wie gegenüber Jana und den Leuten in der Musical-AG.

Und Liv sagt auch nichts, die sagt nie was, hält sich schön aus allem raus.

Ich will ins Gymnasium. Irgendwohin, wo die Lehrer selbst für Ordnung sorgen und das nicht auf die Schüler abladen wie hier. Rosalie hat gesagt, bei ihnen in Englisch kuschen alle, weil der Lehrer aus dem Nichts heraus plötzlich Tests schreiben lässt, und die werden dann alle in die Note eingerechnet. Ich seh schon, das ist 'ne andere Art von Stress, aber eine, die mir echt zehnmal lieber wäre als das hier.

Ich hole mein Wörterbuch aus der Tasche. Das hab ich zum Glück heute Morgen eingesteckt.

DEMÜTIGEN

»Demütig machen, erniedrigen, herabsetzen«. Wir haben Projektstunde und sollen eigentlich an unseren Vorträgen zum Thema Europa weitermachen. Darauf hab ich keine Lust, ich hab Österreich gezogen – was ja wohl das langweiligste Land ist, das es gibt. Ich will nichts über Österreich erfahren, ich will wissen, warum ich herabgesetzt werden soll.

»Herabgesetzt«. Wie ein Sonderangebot im Kaufhaus, rote *Hummel*-Sneakers der letzten Saison. Ich bin ab sofort ganz billig zu haben.

»Demut« heißt:»Bereitschaft zum Dienen«. Mich kann sich jeder leisten, für einen Euro am Tag mach ich alles: Katze füttern, Blumen gießen, Kameraden verpfeifen, mich lächerlich. Ich bin zu allem bereit, Hauptsache, irgendjemand nimmt mich noch.

Ich bin genau wie Österreich, so ein runtergesetztes Land, in das nur Rentnergruppen zum Wandern und Weinprobieren fahren.

Kanada würde mich interessieren, der Yukon-River. Das ist aber nicht in Europa, und außerdem werd ich da wohl niemals hinkommen – weil meine Eltern kein Geld für richtige Urlaubsreisen haben.

Ich will ja auch gar nicht in Urlaub, ich will dort *leben*. Am Fluss, in der Freiheit. Obwohl –

In Wahrheit ist Yukon-Girl natürlich auch eine geschundene Seele. Alles, was ich mir über sie und ihr Leben ausgedacht habe, ist reine Fantasie, vermutlich hockt sie in irgendeinem Reservat mit ihrem alkoholkranken Vater, niemand von den Erwachsenen hat Arbeit, der Fluss ist verseucht, und der Wald gehört irgendeinem weißen Großgrundbesitzer, der die Bäume fällen und in Holzpellets verwandeln lässt. Die Holzfäller lachen dreckig, wenn Yukon-Girl an ihnen vorbeireitet, Scheiße, nein, sie hat überhaupt kein Pferd. Sie muss mit dem Schulbus in die nächstgrößere Stadt fahren, und in der Schule wird sie auch nur gequält, weil sie Ureinwohnerin und also »farbig« ist –

Alle Ureinwohner sind vor vielen Jahren von den weißen Siedlern unterjocht worden.

Ein Joch ist »Teil des Geschirrs für Rinder, das über Stirn oder Nacken liegt«. Yukon-Girl ist demnach alles andere als frei, sie ist ein Tier, das für andere arbeiten muss, das vielleicht einmal stolz war, aber inzwischen eingesperrt und abgerichtet wurde.

»Was tust du, Erna?«, will Birgit wissen. »Was liest du da für ein Buch?«

Sie ist zu mir an den Tisch getreten, unbemerkt, und sieht skeptisch auf das dicke, fette, etymologische Wörterbuch.

»Ich schlage Wörter nach«, sage ich. »Ich denke.«

»Du sollst keine Wörter nachschlagen, du sollst die Zeit für dein Länderthema nutzen.«

»Genau!«, echot es prompt von hinten, und ich dreh mich zu Mattis um.

»Kannst du vielleicht einmal im Leben deine Schnauze halten?!«

»Hey, hey, hey, Moment.« Birgit breitet die Arme aus. »Mattis, du kümmerst dich um deine eigenen Dinge, klar? Und du, Erna, denkst bitte daran, dich nicht von solchen Zwischenrufen provozieren zu lassen.«

»Denk dran!«, kommt es wieder ganz leise von hinten.

Ich weiß nicht, ob ich die Einzige bin, die das gehört hat, jedenfalls brülle ich: »Ach so, und warum? Warum muss *ich* mich andauernd zusammenreißen? Warum darf jeder hier machen, was er will, außer ich? Warum lässt *du* mich nicht in Ruhe mein Buch lesen? Du hast doch gesagt, ich soll machen, was mich interessiert! Ich forsche!

Ich forsche zum Thema ›Unterdrückung‹, wenn du's genau wissen willst!«

Birgit sieht mich an, aus ihrem Gesicht ist alles Lehrerinnenhafte verschwunden. Vielleicht sehe ich sie zum ersten Mal so, wie ihre Freunde sie sehen, ihr Mann oder ihre Kinder. Schon wieder so was, was ich eigentlich nicht wissen wollte, wovor die Kindersicherung mich hätte bewahren sollen, aber die gibt's im echten Leben nicht, beziehungsweise muss man sich selbst sichern, indem man brav gehorcht, sein Wörterbuch wegpackt und sich *Alles über Österreich* aus der Bibliothek vornimmt.

Dafür ist es jetzt zu spät.

Birgit räuspert sich. »Okay«, sagt sie, »ich schätze, wir haben ein Problem.«

Sie geht zu ihrem Pult, und als sie dahinter sitzt, hat sie sich wieder gefangen und ist wieder ganz die Lehrerin, unterstreicht das noch, indem sie nach einem Stift greift und damit auf ihren Kalender einsticht.

»Dass ihr hier frei arbeiten könnt, heißt nicht, dass ich nicht mehr weisungsbefugt bin, ist das klar?«

Keiner antwortet.

»Ist das klar, Erna?«

Ich muss natürlich Ja sagen, also sag ich: »Ja.«

»Gut«, sagt Birgit und tut so, als würde sie was Wichtiges notieren. Das übliche Gemurmel setzt wieder ein.

Ich weiß nicht, wie ich mich fühlen soll.

Auf eine Art geht es mir besser, bin ich wenigstens nicht mehr so klein. Ich hab gesagt, was ich denke, und außerdem weiß ich jetzt mehr über Birgit. Nicht, dass ich es wissen wollte, ich hätte gerne weiter an sie geglaubt. Aber es gibt keinen Weihnachtsmann und keine Zahnfee und auch keine Lehrer, die alles im Griff haben. Birgit steht eben auch nicht zu dem, was sie behauptet. Freiarbeit, klar, aber nur so lange, bis sie Angst kriegt. Dann beruft sie sich wieder auf ihr Recht zu bestimmen.

»Weisungsbefugt«, was für ein Wort. Wenn ich nicht so tolerant gegenüber allen Wörtern wäre, würde ich sagen, es ist ziemlich hässlich.

MITWISSEN

In der letzten Stunde ist Lerngruppenrat.

»Ich denke mal, nach allem, was die Woche

über passiert ist, übernehme ich die Moderation lieber selbst«, sagt Birgit.

Soll sie, bitte, ich verzichte gern darauf.

»Also, wir sammeln erst mal das Schöne. Was hat euch diese Woche Spaß gemacht?«

»Fasching?«, sagt Helene.

Ja, nur zu, sei ein braves Mädchen. Gib der Lehrerin, was sie braucht.

»Genau«, sagt Birgit, »wir haben gefeiert. Gab es auch im Unterricht etwas, das euch Spaß gemacht hat?«

»Ich finde gut, dass ich den Test von Plan 24 in Mathe geschafft habe«, sagt Luisa.

»Sehr schön, Luisa, du bekommst dafür einen Applaus.«

Alle klatschen. Ich nicht. Ich weigere mich.

»Noch jemand was, worauf er stolz ist? Erna, hast du nicht eine Urkunde gekriegt?« Sie sieht mich an mit ihrer Maske, ich kann es einfach nicht glauben. Wie kann sie denken, dass ich nach allem, was passiert ist, einfach wieder einsteige in ihr bescheuertes Spiel? Ich starre sie an, erinnere mich Gott sei Dank ans Zählen. Eins, zwei, drei, vier, fünf –

»Erna?« Sie lässt einfach nicht locker. Jolanda tuschelt was in Richtung Helene.

»Nein, bin ich nicht«, sage ich.

»Nein? Warum?«

Ich sehe Jolanda an. »Weil ich gehört habe, dass ich die Urkunde nur aus Mitleid gekriegt hab. Gegen die Stimmen von denen, die gesagt haben, dass ich hässlich bin und fett.«

Mattis prustet los. Insgesamt wird es ziemlich unruhig, und Birgit klatscht in die Hände.

»Ruhe!«, sagt sie, und zu mir: »Das ist mir neu.«

»Mir nicht«, sagt Mattis und schlägt sich gleich darauf demonstrativ auf den Mund.

Freddie grinst. Alle warten gespannt, was Birgit als Nächstes sagt.

»Willst du uns sagen, wer das erzählt hat?«

In Jolandas Augen tritt so ein kleines, panisches Flackern, aber ich will ihr ja nichts Böses und sage deshalb einfach: »Nein.«

»Okay«, sagt Birgit, »ich denke, das müssen wir akzeptieren. Trotzdem versteh zumindest *ich* jetzt besser, warum du vielleicht so gereizt gewesen bist.« Sie lächelt mich an, und ich lasse sie in dem Glauben.

»Gut«, sagt sie. »Sonst noch irgendwas Schönes?«

Keiner sagt was.

»Dann müssen wir wohl zu dem Schwierigen übergehen, und da fällt mir als Erstes die Sache mit den neuen Regeln ein. Mir liegt daran, noch einmal klarzustellen, dass ihr damit ganz gewiss nicht bestraft werden solltet.«

»Sondern?«, fragt Jolanda.

»Sondern dass wir einfach etwas unternehmen mussten. Ich denke, ein paar von euch haben das zu Hause schlimmer dargestellt, als es eigentlich ist.«

Also gab es Beschwerden. Klar, die gibt es immer. Es gibt viele Eltern, die wegen weniger in die Schule laufen, vor allem wenn sie denken, dass ihre Kinder benachteiligt sind. Prompt meldet sich Blanka.

»Ich find es aber schlimm, dass ich bei Regen auf den Hof muss!«

»Ich weiß, Blanka, darüber haben wir gesprochen.«

»Und was passiert jetzt?«

»Nichts«, murmele ich.

»Erna? Möchtest du dazu was sagen?«

Nein, möcht ich nicht. Aber ich muss. Ich kann nicht anders, wenn ich nicht für immer nur noch mit Zählen beschäftigt sein will –

»Wie könnt ihr behaupten, dass es kein Petzen ist, wenn man verrät, wer das war mit den Klos?«

Birgit braucht einen Moment, bevor sie antwortet.

»Darüber haben wir auch bereits gesprochen,

Erna. Wenn du siehst, wie jemand ein Haus anzündet oder ein Auto klaut, gehst du auch zur Polizei und zeigst ihn an. Weil so etwas verboten ist, ganz einfach.«

»Und wenn es niemand freiwillig anzeigt, zwingt einen dann die Polizei dazu?«

»Na ja«, sagt Birgit, »das kann sie nicht. Aber man wird in gewisser Weise zum Mittäter, und das ist auch strafbar. Man ist Mitwisser, und wenn man nichts sagt, auch Mittäter.«

So ein Quatsch. Ich war's nicht! Wenn ich was ganz sicher weiß, dann das. *Sie* machen einen dazu, indem sie alle zusammen bestrafen. Mich interessieren diese Klos doch überhaupt nicht!

»Also gut«, sage ich, »ich weiß, wer es war.«

Birgit starrt mich an. »Warum hast du denn dann bisher nichts gesagt?«

»Weil ich nicht will. Warum soll *ich* darauf aufpassen, dass nichts kaputt gemacht wird? Sonst kümmert sich hier ja auch nur jeder um seinen eigenen Kram.« Plötzlich weiß ich ganz genau, wie es ist.

»Ihr redet von gemeinsamer Verantwortung, aber weißt du was? Mir ist es ganz *egal*, ob die Klos kaputt sind oder nicht! Das interessiert nur den, der das bezahlen muss. Mich interessieren ganz andere Sachen, aber da hab ich auch keine

Chance, was zu regeln. Da soll ich mich nämlich nicht einmischen, sondern immer schön zählen und mich zusammenreißen. Mir alles kaputtmachen lassen, was mir vielleicht Spaß macht. Und das ist *dir* scheißegal, das ist halt einfach Pech. Und mir sind die Klos scheißegal, und die sind jetzt halt *euer* Pech.«

Ich zittere. Birgit sagt nichts mehr, alle starren mich an. Ich beiß mir auf die Lippe, ich will auf keinen Fall heulen – nicht jetzt, wo ich endlich weiß, wie es ist.

»Erna, das ist sehr, sehr ernst. Du musst es mir jetzt sagen.«

»Nein.«

»Dann muss ich deine Eltern benachrichtigen.«

Soll sie doch. Sollen sie sich zu dritt mit den drei Wahrheiten beschäftigen, mit der fließenden Grenze, mir egal.

Birgit geht zu unserm Tisch und greift nach meinem Logbuch. Alle anderen sitzen immer noch still da und schauen zu.

»Ich sehe, du hast schon einen Eintrag. Dann ist das jetzt also dein zweiter.«

»Stimmt das?«, fragt Jolanda, als wir runtergehen. »Weißt du's wirklich oder hast du's nur so gesagt?«

Draußen im Treppenhaus ist noch niemand. Birgit hat zehn Minuten früher Schluss gemacht, nur ein paar verfrühte Erstklässler-Eltern stehen zum Abholen draußen auf dem Gehweg rum. Wir gehen an ihnen vorbei, und ich denk daran, wie gut ich mich gefühlt habe, als ich in die Schule kam. Dass ich dachte, jetzt geht das Leben richtig los, jetzt gehör ich endlich zu den Großen. Ich dachte, alle sind wie ich und haben Lust, was zusammen zu machen, aber das stimmt halt nicht. Manchen ist einfach nur langweilig. Manche haben Lust, die anderen zu ärgern, manche wollen einfach was kaputtschlagen. Und es ist hoffnungslos, sie dazu zu zwingen, das zu tun, worauf man selbst Lust hat.

»Sag schon!«, sagt Jolanda, aber ich mag nicht. Ich fühl mich seltsam und leer, wie nach einem Mittagsschlaf, wo man manchmal nicht mehr weiß, welche Tageszeit jetzt ist und was man tun soll.

Bence kommt von hinten, holt uns ein.

»Übrigens, ich weiß es auch«, sagt er. »Alle wissen es.«

Ich seh ihn an. Normalerweise geht er immer allein. Jetzt schlendert er mit den Händen in den Jackentaschen neben uns her.

»Du weißt es *auch*?!« Jolanda ist stehen geblieben.

217

Bence grinst. »Sag ich doch. Alle wissen's. Die Jungen zumindest.«

»Aber —« Jolanda sieht ihn mit zusammengekniffenen Augen an.

Bence achtet nicht auf sie, er sieht mich an. »Wenn sie dich zwingen wollen, sagst du einfach, *wir* sollen's sagen.«

Er geht weiter, ich auch. Es fühlt sich gut an, völlig selbstverständlich. Es ist wie bei der Party, als er getanzt hat und sich voll und ganz sicher war, dass es keinen Grund gibt, sich über ihn lustig zu machen. Ich dachte, dass er immer allein und auf direktem Weg nach Hause geht, weil er schüchtern oder verklemmt sei. Ist er aber nicht, im Gegenteil: Er geht, als ob wir seit dem Kindergarten befreundet wären, und vorne an der Ecke, wo er abbiegen muss, bleibt er stehen und guckt mich wieder an.

»Also dann«, sagt er, »wir seh'n uns.«

Ich seh ihm nach.

»Was war *das* denn?«, fragt Jolanda, als sie mich eingeholt hat. »Stimmt das? Sag doch mal, was ist hier eigentlich los?!«

»Ich weiß es nicht«, sage ich. Wahrheitsgemäß. Ich weiß nur, dass ich nicht bis morgen warten kann. Und dass ich unbedingt länger und zu zweit mit Bence reden muss.

SCHADE

Christoph ist zu Hause. Er sitzt mit rundem Rücken vor dem Rechner am Esstisch, das Geschirr hat er nur zur Seite geschoben, sogar die Milch und die Butter vom Frühstück stehen noch da.

»Hallo Erna«, sagt er, ohne aufzusehen.

»Hallo.«

Ich hol mir Cornflakes, die Diät ist mir jetzt egal. Ich nehm Toms Schälchen von heute Morgen und füll es bis oben hin voll. Dann esse ich und warte, dass Christoph von seiner Arbeit aufsieht. Zweimal muss ich noch nachschütten, es kracht im Mund, das beruhigt echt ungemein. Dann ist es endlich so weit.

»Gab's nichts zu Mittag?«, fragt Christoph und sieht mich stirnrunzelnd an.

»Doch«, sage ich. »Es gab Ärger.«

Ich hole meine Tasche und lege Christoph das Logbuch auf die Tastatur.

»*Schade*?«, sagt er, nachdem er drin gelesen hat. Ich nicke.

»Elterngespräch?« Ich nicke erneut.

»Ja«, sagt er, »schade«, und steht auf. Er geht zum Herd und füllt die Espressokanne.

»Wer ist ›S.P.‹?«

»Sylvia Paretzki«, sage ich, »die Englisch-Sylvia.«

»Und was ist mit Birgit? Was hat die wieder für ein Problem?«

»Sie will mit euch reden.«

»Ja schon, aber bitte worüber?«

»Ich soll ihr sagen, wer die Klos neben der Aula verstopft hat.«

»M-hm.« Er hält den Knopf vom Gasherd fest, damit die Flamme anbleibt. Der Herd ist kaputt, es dauert immer ewig. »Und was haben deine Eltern damit zu tun?«

»Ihr müsst erklären, warum ich's ihr nicht sagen will.«

Christoph starrt auf die Flamme.

Die Wohnungstür geht auf, und Tom kommt nach Hause. Er erfasst die Situation mit einem Blick.

»He!«, ruft er. »Ich will auch noch Cornflakes! Wieso darf Erna nachmittags Cornflakes und ich nicht?«

»Hier, du Fresssack«, sage ich und drücke ihm den Karton vor den Bauch.

»Kannst du Birgit das nicht selber erklären?«, fragt Christoph.

»Hab ich doch versucht.«

Christoph seufzt. »Ich mag nicht.«

»Du musst nicht hingehen«, sage ich. »Aber dann musst du erklären, warum du nicht hingehen magst.«

Christoph nickt. »Ich versuch's. Und dann versteht sie mich nicht und fragt, ob *du's* ihr nicht erklären kannst. Und dann gehst du hin und immer und immer so weiter.« Er grinst. »Nein, jetzt mal im Ernst, was soll ich ihr denn sagen?«

Ich zucke die Achseln. »Du sagst einfach, dass ich's ihr nicht sagen werde, Schluss.«

»Aus, basta, Schluss«, bestätigt Christoph zufrieden.

Ich überlege. Das geht nicht, so viel ist mal klar.

»Bence hat gesagt, alle wissen's.«

»Na, dann hat sich's doch. Dann bist du raus.«

Christoph gießt sich Kaffee ein und setzt sich wieder an den Tisch. Er schlägt noch mal das Logbuch auf und studiert erneut den Eintrag.

»Ich kann hinschreiben: *Liebe Birgit, so viel ich weiß, wissen's sowieso schon alle. Frag jemand anderes, wenn's Erna dir nicht sagt.*«

»Echt jetzt?«

»Na klar! Dann kann sie schauen, was sie damit anfängt.«

»Ist das nicht fies?«

»Nö. Fies für wen?«

Plötzlich kommt mir alles ganz einfach vor.

»Machst du das echt?«

»Ja klar«, sagt Christoph. »Dann muss ich nicht in die Schule. Du weißt doch: Ich geh da nicht gern hin.«

»Worum geht's denn?«, fragt Tom mit vollem Mund.

»Alles bestens«, sage ich, »das ist geklärt.«

Ich geh in mein Zimmer und such die Adressliste raus.

WEITERREDEN

Was ich echt nicht gern mache, ist telefonieren. Man weiß nicht genau, wo man landet, also: in welcher Stimmung der ist, den man anruft, wer da sonst noch alles so drumrum steht, der vielleicht mithört oder lästernde Zeichen gemacht bekommt, während man selbst ganz unschuldig redet. Wenn man zum ersten Mal oder ohne genauen Plan bei jemandem anruft, ist es noch schlimmer, und genau das ist hier der Fall.

Es tutet vier Mal, dann meldet sich eine Stimme, und ich versteh überhaupt nicht, was sie sagt.

»Hallo, hier ist Erna, ich würde gern mit Bence sprechen.«

»Am Apparat«, sagt Bence, und ich könnte im Erdboden versinken. Warum hab ich ihn nicht erkannt? Hat er seinen Namen gesagt, oder was war das?

»Äh, hallo«, ich kichere albern. Oh Gott, ich *hasse* es! »Ich hab gedacht, du bist jemand anderes.« Ja, super, das war ihm auch so schon klar. »Ich wollte noch mal mit dir reden.« Das war ihm auch klar, wieso ruf ich denn sonst an?

»Also«, sage ich, »hast du Zeit für ein Treffen?« Immer weiter, es ist sowieso zu spät. Ich kann den Anruf nicht mehr ungeschehen machen, also zieh ich jetzt gnadenlos durch.

»Du könntest zu mir kommen. Oder ich zu dir. Also, zu mir ist nicht so gut, zu dir vielleicht auch nicht. Ich weiß nicht. Wir könnten uns irgendwo treffen.« Puh.

»Warum denn?«, fragt er.

Scheiße. Warum? Weil ich mit ihm reden will. Hatte ich das nicht erwähnt?

»Ich weiß nicht. Ich würde gern. Ich –«

Genau das meine ich. Jetzt hab ich mich völlig verheddert, und alles nur wegen dieses blöden Telefons. Ich hätte einfach direkt zu ihm hingehen sollen. Aber niemand war je bei Bence zu Hause.

Na und?

Ich bin die Erste.

»Ich bin in zehn Minuten bei dir.«

Wenigstens weiß ich genau, was ich anziehe: meine neuen Schuhe.

Yukon-Girl hat sie sich geklaut, an einem dieser schrecklichen Tage, wo sie in der Schule so gequält wurde, dass sie einfach weggerannt ist, und dann aber Stunden im Einkaufszentrum hätte rumhängen müssen, bis der Schulbus Richtung Reservat wieder fährt. Also ist sie in den Schuhladen und hat die Schuhe einfach angezogen, und tatsächlich hat niemand sie aufgehalten, als sie wieder rausspaziert ist – so was geht, man muss nur dreist genug sein. Ihre alten Botten hat sie im Schuhladen stehen lassen, die konnte die Verkäuferin dann ihretwegen wegschmeißen.

Yukon-Girl ist zu Fuß ins Reservat zurückgelaufen, immer die Landstraße entlang, und der Vater lag mal wieder besoffen in der Baracke auf dem Sofa, also hat Yukon-Girl gleich wieder kehrtgemacht und ist weitergegangen in den Wald. Kein schöner Wald, sondern so eine Fichten-Monokultur – überall frische Holzstapel und leere Bierflaschen und Müll von den Waldarbeitern, brüllende Motorsägen und von *Unimog*-Reifen aufgewühlte Wege.

Aber das ist Yukon-Girl gewöhnt, immerhin riecht es gut nach Harz und Sägespänen, und Yukon-Girl hat ein Ziel: die Wohnung von Yukon-Boy und seinen Eltern. Die ist noch schäbiger als Yukon-Girls eigenes Zuhause, ein schimmeliger alter Bauwagen, in den noch nie jemand von außerhalb seine Füße gesetzt hat. Aber Yukon-Girl schert das nicht, sie klopft an die verbogene Metalltür, drückt die Plastikklinke runter und tritt ein.

Das Haus, in dem Bence wohnt, sieht ganz normal aus: fünf Stockwerke, Altbau, gelb angestrichen, Klingelschild. Er heißt Dalnoki.

Daran, dass ich erst denke, ich hätte mich mit der Hausnummer vertan, dann aber doch den Namen unten auf dem Klingelschild finde, merke ich, dass ich nicht ganz so cool bin wie Yukon-Girl in derselben Situation.

Ich klingle. Es summt.

Ich drück die Tür auf und stehe im Treppenhaus, und gleich rechts von mir wird eine Wohnungstür geöffnet, und Bences Mutter sagt: »Hallo, komm rein, du willst sicher zu Bence?«

Ich nicke, ziemlich verklemmt. Hat sie gewusst, dass ich komme?

Sie lächelt, und ich zieh mir unter ihren Augen

die Schuhe aus. Tja, das war's mit meinem coolen Outfit, aber sie hat auch Hausschuhe an.

Ich kann nicht genau sagen, warum sie anders aussieht als andere Mütter; sie ist nicht älter oder jünger, dicker oder dünner, trägt ganz normale Jeans und so ein müttermäßiges T-Shirt, das oben eng und um die Hüften weit ist. Und die Hausschuhe sind auch normal, aus Filz, ziemlich fusselig. Aber trotzdem sieht man, dass sie von woanders herkommt, ich weiß nicht, warum. Sie hat nicht mal dunkle Haare, sondern so undefinierbar hellbraune wie ich.

Sie geht mir voraus durch den Flur.

Die Wohnung ist dunkel, weil sie im Erdgeschoss liegt; es brennt Licht, und es riecht nach irgendwas Süßem.

Bences Mutter klopft an die hinterste Tür.

Bences Zimmer ist riesig und fast ganz leer. Es ist genau das Gegenteil von meinem, hier könnte man tanzen und Radschlagen üben: Bis hinüber zu dem Tisch, an dem Bence vor einem altmodischen Rechner sitzt, sind es bestimmt sechs Meter. Er dreht sich auf seinem Stuhl nach uns um, besser gesagt, *mit* seinem Stuhl, einem quietschenden Bürostuhl mit knallblauem Polster.

»Hi«, sagt er, und seine Mutter schließt die Tür von außen.

»Hi.« Ich setze mich auf Bences Bett, über das so eine weiche Wolldecke mit Pferdemotiv ausgebreitet ist, damit man es tagsüber als Couch benutzen kann. Ein *Spongebob*-Kissen liegt noch darauf und ein räudiger Panda-Kuscheltier-Bär.

»Möchtest du was trinken?«

Oh Gott, es ist so peinlich. Ich kenne ihn nicht, ich kenne seine Mutter nicht, ich war noch nie in einer derartigen Wohnung. Ich weiß, dass es mir egal sein müsste, dass ich mich ganz unbeschwert und natürlich verhalten sollte, aber ich schaff's nicht, ich bin total eingeschüchtert. Wie überspielt man das am besten? Indem man einfach und ehrlich sagt, was ist.

»Ich komm mir echt bescheuert vor.«

Bence grinst. Ich kann mich an seinem Grinsen festhalten.

»Ist das ganz allein dein Zimmer?«

Er nickt.

»Das ist riesig.«

Er zuckt mit den Schultern.

»Was machst du?«

»Ich spiel *Go* mit einem Typen aus Japan.«

»Ist da jetzt nicht Nacht?«

»Kann sein. Er ist aber wach.«

»Und darfst du dann einfach mittendrin damit aufhören?«

»Hab ich halt verloren. Macht aber nichts, hätt ich sowieso, er ist echt gut.« Bence stellt den Rechner auf Stand-by.

»Darfst du spielen, so lange du willst?«

»Meine Eltern haben nichts dagegen.«

»Oh, wow. Das ist cool.«

Es ist schon wieder still. Ich muss jetzt wohl mal sagen, warum ich eigentlich hier bin.

»Also, als Erstes wollt ich mich bedanken. Ich hab's erst nicht kapiert, aber ich weiß jetzt, wie du das gemeint hast.« Er sieht nicht so aus, als ob er kapiert, wovon ich rede.

»Mein Papa schreibt Birgit einfach, dass sie jemand anderes fragen kann.«

Er nickt.

»Aber du willst es doch auch nicht verraten, oder?«, frage ich. »Du wählst doch sogar lauter Nieten in deine Mannschaft, nur damit Mattis nichts passiert. Warum tust du das eigentlich?«

»Keine Ahnung. Hab nicht darüber nachgedacht.«

»Das glaub ich dir nicht. Du willst ihn beschützen. So wie mich jetzt auch.«

Er sieht auf den Boden. Der Boden ist auch ziemlich merkwürdig für ein Kinderzimmer: so ein Plastikzeugs, das andere in der Küche haben.

»Ich denk echt nicht so viel darüber nach«

»Worüber dann?«

Jetzt grinst er wieder. »Meine Mutter hat gesagt, sie sollen sich entscheiden, wie sie regieren wollen. Entweder Freiheit oder Kontrolle. Freiheit ist teurer und komplizierter, und Kontrolle ist einfacher, aber man muss dann auch durchgreifen und strafen. Beides auf einmal geht nicht.«

»Und warum sagst du das dann nicht zu Birgit?«

»Ist nicht meine Sache. *Sie* sind doch die Lehrer.«

»Aber macht dich das nicht wütend? Dass sie sich widersprechen? Dass sie allesamt nicht wissen, was sie eigentlich wollen?«

Er sieht immer noch auf den Boden. Wütend sieht er nicht aus; ich hab ihn, wenn ich's mir überlege, noch nie richtig wütend gesehen.

Es klopft an die Tür.

»Wir müssen was trinken«, sagt Bence. »Meine Mutter fragt sich sonst, was wir hier machen.«

Ich werde rot und greife nach dem *Spongebob*-Kissen.

Bence steht auf und ruft was auf Ungarisch. Es klingt ungefähr wie »Mindenrentben mindjatjöwünk!«, und dann macht er die Tür auf, und seine Mutter steht freundlich lächelnd davor.

»Won djümöltsch leh kehrtäk«, sagt sie oder so was Ähnliches, und ich denke, dass ich in einer völlig anderen Welt bin – was doch seltsam ist, denn sie ist nur drei Straßenecken von der, in der ich mich sonst aufhalte, entfernt.

Zusammen gehen wir in die Küche und kriegen Multivitaminsaft aus dem Tetrapak in kleine, aufwendig verzierte Gläser geschenkt, und die Mutter lächelt mich immer weiter nur an. Was ich gut verstehe, mir fällt auch nichts zu reden ein.

Bence ist es aber, glaube ich, doch ziemlich unangenehm; er trinkt ganz schnell sein Glas aus und sagt dann wieder was auf Ungarisch.

Ich find es seltsam, dass sie nicht auf Deutsch reden, wo sie's doch beide können und ich auch hier bin. Ich frag mich sofort, ob sie irgendwas Geheimes planen, ob sie vielleicht auch vorher schon, zwischen meinem Anruf und meiner Ankunft hier in der Wohnung, über mich gesprochen haben. Aber wie soll ich das rauskriegen, und selbst wenn sie's getan hätten, wär's ja eigentlich egal. Ich komm ab sofort einfach öfter her, oder ich lern Ungarisch, dann können sie sehen, wie sie mich noch ausschließen.

Die Mutter lächelt und sagt: »Bence begleitet dich heim«, aber wenn es das war, was er gesagt hat, dann braucht das auf Ungarisch einige Wörter mehr.

BEGLEITEN

Begleiten ist ein schöner Begriff, finde ich, weil »gleiten« drinsteckt.

Gleiten heißt: »sich mühelos auf einer Fläche fortbewegen«, und tatsächlich ist es viel einfacher, mit Bence die Straße entlangzugehen, als mit ihm in seinem Zimmer zu sitzen.

Ich bin richtig froh und fühl mich leicht. Ich seh ihn nicht an, dafür aber andere Dinge, die ich auf dem Herweg, der ja eigentlich genau derselbe gewesen ist, nicht bemerkt habe. Zum Beispiel diesen riesigen Haufen zusammengekehrten Rollsplitt, der noch vom Winter übrig ist und in dem eine Menge neonoranger Hütchen stecken. Diese Schutzhütchen von Silvesterraketen, die ich, als ich klein war, gesammelt habe. Ich wusste nicht, was ich mit ihnen anfangen sollte, aber sie liegen zu lassen ging auch nicht, wo sie doch so wunderschön leuchteten.

Kurz vor unserem Haus picken ein paar Tauben an einer weggeworfenen Brötchenhälfte, und ich erzähle Bence, dass Georg, unser Nachbar, die Tauben immer verscheucht, wenn sie ans Futterhäuschen im Gemeinschaftsgarten kommen.

»Er sagt, er kann Tauben nicht ausstehen. Weil sie schmutzig sind und plump und unsympathisch und verfressen.«

Wir sind an unserer Haustür angekommen, und ich will nicht, dass Bence wieder umdreht und die Begleitung und das Gleiten schon vorbei sind.

»Findest du's nicht auch merkwürdig, dass Leute so fies über Tiere reden? Über Menschen würden sie's nicht sagen, also, Leute wie Georg jedenfalls nicht. Da fänden sie's rassistisch.«

Ich könnte ihn fragen, ob er noch Lust hat, mit raufzukommen. Kann ich das? Kommt drauf an, wie.

»Kannst du mir vielleicht noch 'nen kleinen Gefallen tun?«

Er ist verwirrt. Kein Wunder bei meinem Gerede.

»Okay«, sagt er, »was denn?«

»Nichts Schlimmes, ich versprech's.«

Er sieht nicht so aus, als ob er davor Angst gehabt hätte. Eher so, als sei ich ziemlich durchgedreht. Was vielleicht auch stimmt, ich schließ die Haustür auf und nehm auf der Treppe immer zwei Stufen auf einmal. Bence kommt hinterher.

»Warte kurz«, sage ich auf unserem Stockwerk. Ich husche in die Wohnung und hole Utas Schlüssel.

»Erna?«, ruft Christoph. Er brät Fischstäbchen, man riecht's, und man hört's.

»Ich komm gleich, ich geh nur kurz rüber zu Uta!«

Ophelia kommt uns entgegen und maunzt anklagend. Bence ist stehen geblieben und sieht sich um.

»Hier wohnst du?«

»Nein, hier füttere ich nur die Katze.«

Ophelia folgt uns in die Wohnküche.

»Also«, sagt Bence, »was soll ich denn tun?«

»Guck dir Ophelia an«, sage ich. »Und sag ehrlich: Findest du, dass sie zu dick ist?«

Er sieht Ophelia an. Ophelia guckt zurück, maunzt schon wieder und streicht um seine Beine. Er nimmt sie hoch und hebt sie bis über seinen Kopf und betrachtet sie von unten. Ihre hängenden Beine, ihren durchaus ebenso runterhängenden Bauch. Dann legt er sie sich wie ein Baby in den Arm und wiegt sie ein bisschen. Steckt kurz seine Nase in das dichte Fell an ihrem Hals. Ich kann spüren, wie weich sie ist, obwohl *er* es ist, der sie im Arm hält.

»Nein«, sagt er, »nein. Sie ist ganz genau richtig.«

OHNE ZWEIFEL

Christoph hat zwanzig Fischstäbchen gemacht. Er hat sie auf der schmalen, rechteckigen Kuchenplatte aufgereiht und stellt die Platte mit Schwung auf den Tisch, an dem Tom schon mit erhobener Gabel sitzt und lauert.

»Warte gefälligst, bis alle da sind«, sagt Annette.

»Wie viel kriegt jeder?«, fragt Tom.

»Fünf«, sage ich.

»Moment«, sagt Annette, »ich bin größer, ich krieg mehr.«

»Aber ich muss noch wachsen!«

»Wie viele muss ich machen, damit das Generve mal aufhört?«, fragt Christoph. Aber er hat gute Laune, ich seh es ihm an.

Fischstäbchen sind Trashfood, wegen der Panade. Aber Christoph hat Kartoffelsalat und Gurkensalat dazu gemacht. Es schmeckt super.

»Wie war's in der Schule?«, fragt Annette.

Christoph grinst. »Erna hat einen heimlichen Freund.«

Das ist in unserer Schule so ein Projekt zum Sozialverhalten. In der »Woche der Freundlichkeit« zieht jeder einen Mitschüler und ist dann dessen

»heimlicher Freund«. Und dieser »Freund« muss ab sofort jeden Tag seinem »Freund« irgendetwas Gutes tun, ohne dass der es merkt. Und weil das so schwierig ist und keinem was dazu einfällt, bringt man dann eben Süßigkeiten mit und legt sie dem andern an den Platz. Woraufhin die, die nichts kriegen, natürlich neidisch sind und traurig.

»Oh Gott«, sagt Annette, »das schon wieder.«

»Nein«, sage ich, »einen richtigen Freund. Heimlich nur, weil ich's bisher nicht gewusst hab.«

Annette sieht mich neugierig an, aber ich erzähl ihr nichts weiter. Kann Christoph machen, später, nach acht.

Es ist Wochenende. Ich freu mich schon auf Montag.

Ich liege in meinem Bett in meinem winzigen, langweiligen Zimmer und male mir aus, wie ich am Montag an Bences Tisch vorbeigehe und ganz locker sage: »Mindenrentben mindjatjöwünk!« Oder so ähnlich.

Alle wissen's, ich bin nicht mehr allein. Wir sind eine Gemeinschaft, und wie die regiert werden soll, müssen die Lehrer sich selbst überlegen. Ich bin nicht mehr für Mattis verantwortlich, Mattis ist für sich selbst verantwortlich.

Won djümöltsch leh kehrtäk! Ha!

Ungarisch ist eine der schwierigsten Sprachen überhaupt. Niemand versteht sie – außer die Ungarn natürlich –, und keiner will sie lernen, weil es so viele Ungarn ja nicht gibt, und dann sollen die halt Englisch lernen oder irgendwas, auf das sich der Rest der Welt geeinigt hat.

Aber ich lern das, ich schwöre, ich brenne dafür! Ein Wort kann ich schon, und das heißt »szeretlek«.

Ich verrate nicht, was es heißt, nur so viel: Im Deutschen braucht man für dieses Wort *drei*.

© David Baltzer

Anke Stelling wurde 1971 in Ulm geboren und wuchs in Stuttgart auf. Sie studierte am Deutschen Literaturinstitut in Leipzig und lebt heute mit Mann und drei Kindern in Berlin. Ihr Debütroman »Gisela« (gemeinsam mit Robby Dannenberg) wurde 2004 verfilmt, 2010 die Erzählung »Glückliche Fügung«. Der Roman »Bodentiefe Fenster« stand 2015 auf der Longlist des Deutschen Buchpreises und der Hotlist der Unabhängigen Verlage. »Erna und die drei Wahrheiten« ist ihr erstes Kinderbuch.

Anja Janotta
Der Theoretikerclub

ca. 250 Seiten, ISBN 978-3-570-16435-8

Der Theoretikerclub: So nennen sich die drei Obernerds Linus, Roman und Albert. Sie können einfach alles – theoretisch. In ihrem Blog fachsimpeln die drei Superhirne auf höchstem Niveau, in der Praxis jedoch scheitern sie täglich an den Widrigkeiten des Daseins: ausgekochte Zwillingsschwestern, Helikopter-Mütter, Kummer mit der Herzensdame ... Ohne den praktisch begabten kleinen Knut, der gnadenhalber auch zum erlauchten Kreis zählt, wären die Herren Professoren verloren. Erst recht, als eine Bande missgünstiger Nachbarjungs frontal angreift. Die Theoretiker müssen sich wehren! Aber wie – ohne praktische Fähigkeiten?

www.cbt-buecher.de

Sarah Crossan
Apple und Rain

320 Seiten, ISBN 978-3-570-16400-6

Drei Jahre alt war Apple, als ihre Mum sie bei der Großmutter zurückließ. Seitdem hat Apple nichts von ihr gehört. Elf Jahre später taucht Mum plötzlich wieder auf. Mum ist das Gegenteil von Apples strenger, konservativer Nana. Im Glückstaumel zieht Apple direkt zu ihr. Womit sie aber nicht gerechnet hat: Sie hat eine kleine Halbschwester. Dass Rain ebenso wenig von Apple wusste, macht die Sache nicht besser. Und dass Mum Apple als Babysitterin braucht, auch nicht. Apple dämmert, dass sie eine schwierige Wahl getroffen hat. Zum Glück kann sie sich dem Nachbarsjungen Del anvertrauen, der ziemlich gut zuhören kann ...

www.cbt-buecher.de

Lynda Mullaly Hunt
Wie ein Fisch im Baum

ca. 288 Seiten, ISBN 978-3-570-16420-4

Ally ist elf Jahre alt und eine Einzelgängerin. An der Schule ist sie als Freak bekannt und den Lehrern ein Dorn im Auge. Dabei geht es Ally nur um eins: Um jeden Preis ihr Geheimnis zu wahren – sie kann weder lesen noch schreiben. Da kommt ein neuer Lehrer in die Klasse, Mr. Daniels. Im Gegensatz zu seinen Vorgängern beobachtet er Ally genau und findet bald heraus, dass Ally an einer Lese-Rechtschreibschwäche leidet und gleichzeitig hochintelligent ist. Langsam lernt Ally, ihm zu vertrauen und schließt nebenbei Freundschaft mit zwei anderen Außenseitern. Gemeinsam widersetzen sie sich mutig dem Mobbing ...

www.cbt-buecher.de

60055